壞爸爸

大衛·威廉 著

東尼·羅斯 繪

謝雅文 譯

晨星出版

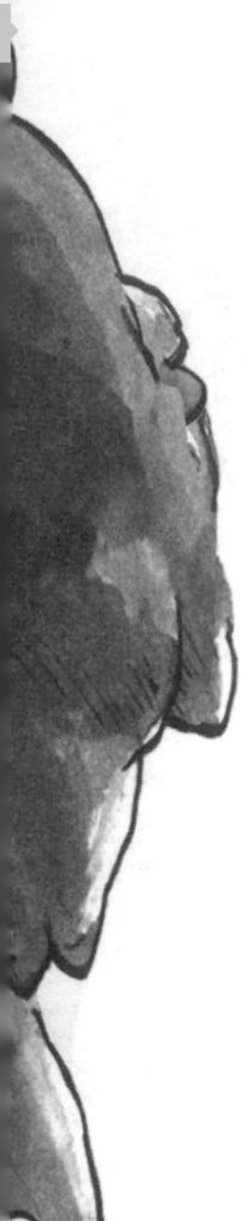

國家圖書館出版品預行編目資料

壞爸爸 / 大衛・威廉（David Walliams）著；東尼・羅斯（Tony Ross）繪；謝雅文譯. -- 初版. -- 臺中市：晨星，2019.08

面；　公分. --（蘋果文庫；126）（大衛・威廉幽默成長小說；6）

譯自：Bad dad

ISBN 978-986-443-895-2（平裝）

873.59　　108009604

填寫線上回函，
不定期好康資訊等著您！

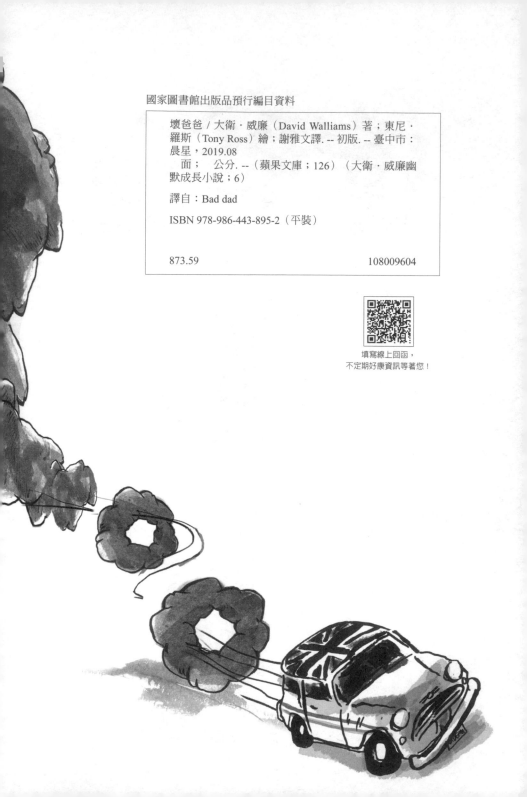

BAD DAD

蘋果文庫 126

壞爸爸

作者｜大衛・威廉
繪者｜東尼・羅斯
譯者｜謝雅文

責任編輯｜陳彥琪　文字校對｜許仁豪
封面設計｜黃裴文　美術設計｜黃偵瑜

負責人｜陳銘民
發行所｜晨星出版有限公司、台中市407工業區30路1號
TEL：（04）23595820 FAX：（04）23550581
E-mail:service@morningstar.com.tw
http://www.morningstar.com.tw
行政院新聞局局版台業字第2500號
法律顧問｜陳思成律師

讀者服務專線｜TEL：（02）23672044 /（04）23595819#230
讀者傳真專線｜FAX：（02）23635741 /（04）23595493
讀者專用信箱｜service@morningstar.com.tw
網路書店｜http://www.morningstar.com.tw
郵政劃撥｜15060393（知己圖書股份有限公司）

印刷｜上好印刷股份有限公司

出版日期｜ 2019 年 8 月 1 日
再版日期｜ 2023 年 6 月 1 日（四刷）
定價｜新台幣 350 元
ISBN 978-986-443-895-2

1
Gilbert the GREAT
QUEENIE

給我生命中的
摯愛，
阿飛
愛你的，
爸爸

創意總監
薇兒・布拉斯維特
文字設計
艾洛林・葛蘭特
封面設計
凱特・克拉克
行銷暨公關經理
潔若汀・史特勞德
音訊編輯
譚雅・霍罕
出版人
瑞秋・丹伍
David Walliams

謝辭

我要感謝

我的執行出版人
AJ
安・潔妮・莫爾塔

我的插畫家
東尼・羅斯

執行長
查理・雷德梅因

我的作家經紀人
保羅・史蒂文斯

我的編輯
愛麗絲・布雷克

出版經理
凱特・伯恩斯

副總編輯
莎曼珊・史都華

為什麼大人有事要隱瞞小孩？

——李偉文　牙醫師．作家．環保志工

這是一本非常精彩有趣且特別的少年小說。對話與情節簡直就像緊張刺激的好萊塢黑色喜劇，特別的是，不像一般給孩子看的書，因爲故事情節不全都是那麼善良正面。裡面的壞人當然是很壞，連好人也都充滿了缺點，甚至主角的父親還飆車撞警車，跟著犯罪集團搶銀行。

或許太多童書與青少年讀物的作者與出版者都太保護孩子了，總是在書裡構築出充滿眞善美的祥和世界。但是青少年階段的孩子已經會觀察與思考，他們知道了這個社會有許多不公不義，也有許多無可奈何的事情，因此他們會發現大人總是有事要隱瞞，更糟糕的是，若他們認爲大人總是說一套做一套，虛僞又滿口教條時，他們就不會想跟父母說眞心話，連帶也就失去彼此的親密感與信任。

當大人跟孩子無法坦誠地對話，孩子不了解父母的煩惱，父母也不明白孩子的憂慮與恐懼，全家人雖然處在同一屋簷下，每個人的心情卻都是孤獨的。書裡孩子在法庭上的眞情告白，其實在生活中是很難說出口的，因爲要人們敞開心房，說出心底話，需要適當的情境，如果大人與孩子能夠共讀這一本書，或許是一個很好的機會，透過書裡誇張又逗趣的情節當作親子對話的話題，會是很好的開始。

目錄

壞爸爸

壞爸爸

世界上的爸爸形形色色，形狀大小也各有不同。有**胖**爸爸、瘦爸爸、高爸爸和矮爸爸。*年輕*的爸爸、**老**爸爸、**聰明**的爸爸，也有笨爸爸。

有傻里傻氣的爸爸、**嚴肅**的爸爸、
講話很吵的爸爸，也有安靜的爸爸。

當然也有**好**爸爸和**壞**爸爸。

這個故事關於爸爸和
他的兒子。

兒子叫作
法蘭克。

爸爸就是爸爸。
他名叫
吉伯特。

她是**麗塔**，
是法蘭克的媽媽。

斐麗姑媽是爸爸的姑媽，
有時候會幫忙照顧法蘭克。

大人物是個子出奇矮小的犯罪首腦。無論幾點鐘，他身上總是穿著絲綢睡衣外加浴袍，搭配有印有「大」字的絲絨拖鞋。

大人物有兩名跟班：芬格和桑姆。

芬格以又細又長的手指聞名，
那是他當扒手的最佳利器。

桑姆巨大的拇指令人聞風喪膽，只要是大
人物的敵人，都難逃他「大拇哥」的摧殘。

阿威和**大熊**是桑姆的姪子，
也是兩個人見人怕的小霸王。

老常生性陰險，
是大人物的管家。

朱蒂絲牧師是教區的牧師。

史考夫巡佐是
地方上的警察。

史威佛先生是一名
獨眼獄卒。

皮勒法官是出了名的鐵石心腸。

拉吉是報攤老闆。

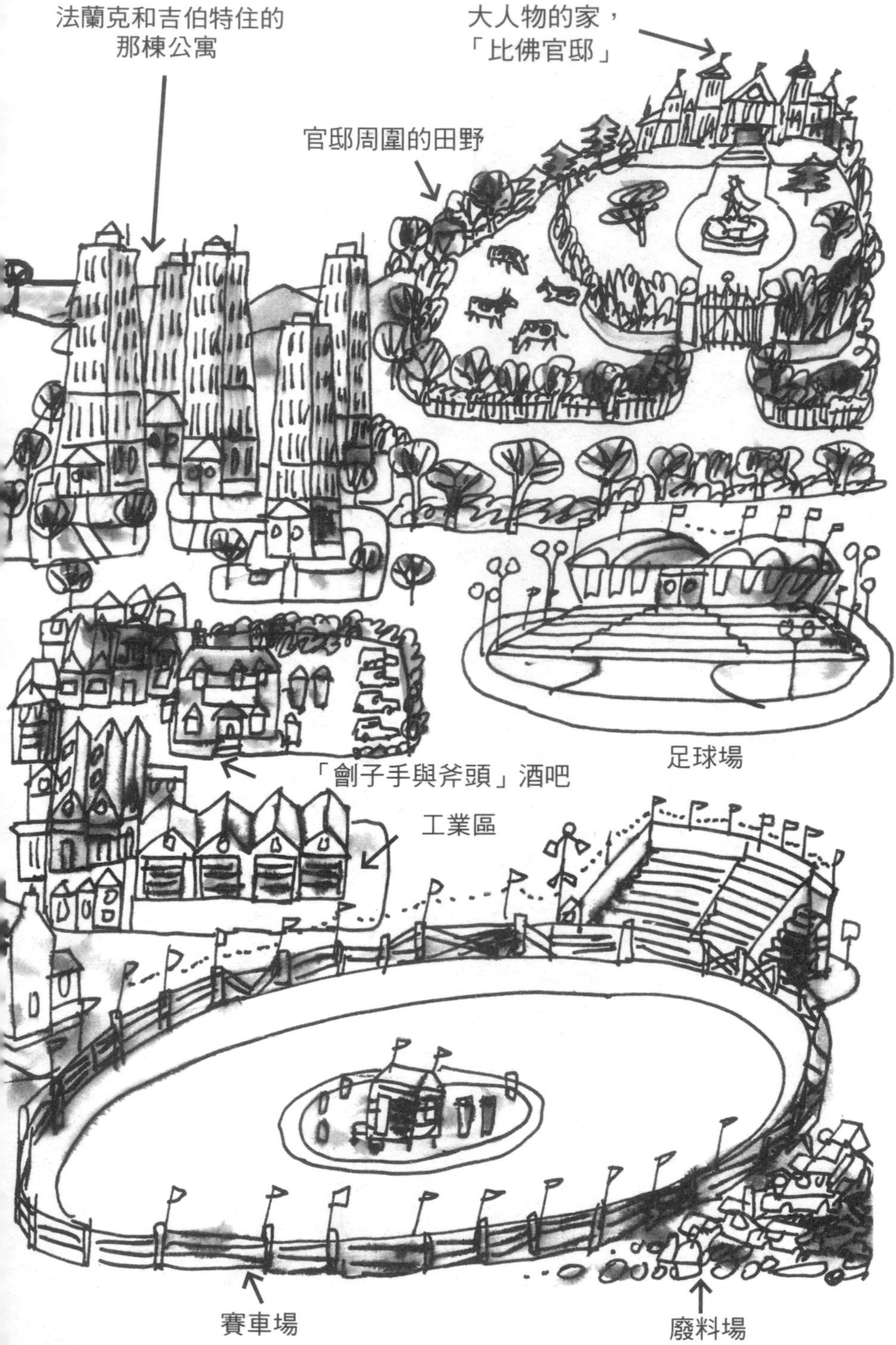
法蘭克和吉伯特住的
那棟公寓
大人物的家，
「比佛官邸」
官邸周圍的田野
足球場
「劊子手與斧頭」酒吧
工業區
賽車場
廢料場

這張是小鎮地圖

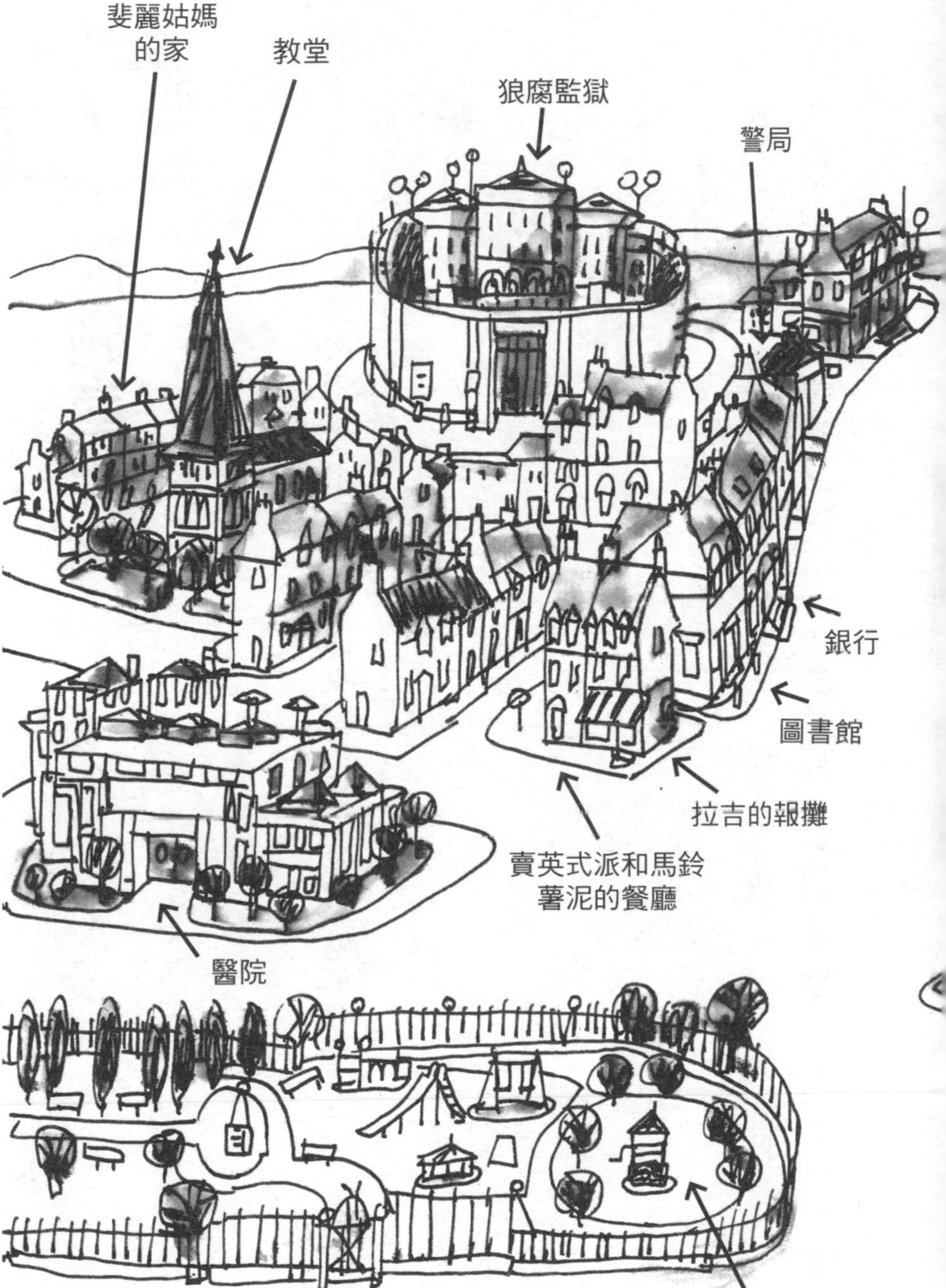

1 碰碰車大賽

咻！爸爸的車繞著泥土賽車道疾馳。法蘭克的父親是一名碰碰車賽車手。這是一項很危險的運動。車子呼嘯著不停轉圈……

砰！碰！嘎扎！

……會互相**衝撞**。

爸爸開的那輛迷你老爺車自己還加強了馬力。他在車身漆上英國國旗，並以他所仰慕的女士，也就是英國**女王**的名號，把愛車取名爲「**女王號**」。在環形賽車道上，這輛車變得跟爸爸一樣出名。這個獅吼般的聲音錯不了，肯定是**女王號**的引擎發出的。

轟隆！

爸爸是**賽車場上的天王**。他是鎮上前所未見的最強碰碰車賽車手。全國上下的百姓都不遠千里過來看他比賽。他獲獎的次數無人能敵。**週復一週**、**月復一月**、**年復一年**，爸爸總是把獎杯高舉頭頂，接受群眾的歡呼、吶喊他的名字。

「吉伯特冠軍！
吉伯特冠軍！
吉伯特冠軍！
吉伯特冠軍！」

Gilbert the GREAT
QUEENIE

生活真美好。因爲爸爸是本土英雄，每個人都想認識他。無論什麼時候，只要他帶兒子上館子吃英式派和馬鈴薯泥，店老闆就會多給他們一份，而且不收他們半毛錢。假如法蘭克跟爸爸一塊兒上街，開車的駕駛就會按起喇叭……

嗶！嗶！

……並且微笑揮手。只要發生以上的情況，男孩總是感到無比自豪。有次他的數學老師甚至還幫他在考卷加分，因爲老師收到家長會之夜和他父親的合照。

不過，說起爸爸最鐵桿的粉絲，那就非親生兒子莫屬。男孩很崇拜父親。在他的心目中，爸爸是個英雄。法蘭克希望有一天可以跟爸爸一樣，當個冠軍賽車手。他的夢想是有朝一日能駕駛**女王號**。

你或許也是這麼想的：有其父必有其子。這對父子檔都長得矮矮胖胖的，都有一對尖尖長長的耳朵。男孩看起來就像有人把他爸爸塞進縮小機似的。法蘭克知道在全校當中，他不可能成爲最高的、最**帥**的、**肌肉最多**的、腦袋最**聰明**的、或者最**搞笑**的小朋友。可是他親眼看過父親在賽車場上憑靠技能和勇氣所展現的非凡**奇蹟**。能有這番成就，是他夢寐以求的理想。

不過爸爸嚴禁兒子看他比賽。每晚開賽，有二十台車繞著車道**疾速競馳**；可是比賽結束，還屹立在場上的只剩一台。賽車手在**連環衝撞**的車子裡通常身受重傷；有時候賽車還會**撞上**觀眾席，就連觀眾也無法倖免於難。

「兄弟，這個很危險啦。」爸爸說。吉伯特總是跟兒子「稱兄道弟」。他們是父子，也是最要好的朋友。

「可是，爸爸……」即使父親幫他蓋好被子，男孩還是苦苦懇求。

「兄弟，不要再跟我『可是』了。我不希望你看到我受傷。」

「可是你最強了！從來不會受傷！」

「我說過了，不准給我『可是』。好了，當個乖寶寶。**抱一抱**然後好好睡覺。」

爸爸每晚賽車前總會先親兒子的額頭一下。至於法蘭克，則會閉眼睛假裝睡著。不過，一聽到關門聲，他馬上就會**躡手躡腳地**下床，再**爬行**穿過走廊，一直爬到大門前，以免驚動媽媽。這個女人只要丈夫出門，就會把自己關在臥房，然後小小聲地講電話。還是身穿睡衣的男孩就這樣一路狂奔，跑到賽車場。

體育館外面可見之前賽車時撞得稀巴爛的車子，這些**生鏽**的老爺車層層疊疊，堆成一座**高塔**。法蘭克會**爬**到塔頂。那裡有絕佳的視野鳥瞰整場賽事。男孩會盤腿坐在**最高**的那台車車頂，觀賞這些碰碰車**疾馳**。每次只要他父親駕駛的那輛迷你車**女王號呼嘯**一聲**飆**過去，男孩就會高聲歡呼。

「加油，爸爸，
拚了！」

爸爸不知道他的兒子坐在高處。男人不准兒子看他比賽，就是怕會發生意外。

有天晚上，意外真的發生了。

2

失控

意外發生的那一晚，爸爸的車似乎打從一開始就出了很嚴重的問題。迷你車今天沒有使出它獨一無二的咆哮，引擎反而發出很刺耳的聲音，好像快要爆炸了。

爸爸在起跑線上發動引擎，車子就像弓起背來**暴衝的公牛**，一下衝一下停地顛簸向前。

在那個命中注定的夜晚，法蘭克跟以往一樣，坐在體育館外那堆成山的車頂。那是個深冬時節，他的周圍風強雨驟。儘管渾身溼透，男孩還是不想錯過比賽。

那晚情況不太對勁。**不對勁得要命**。旗子一揮、開始比賽的那一瞬間，爸爸就難以控制他的車。

今晚迷你車的引擎非但沒有咆哮，反而發出刺耳的噪音。死寂的沉默在觀眾席降臨。法蘭克感到一陣反胃。

突然間，**女王號**的排氣管**大爆炸**。

砰！

「**爸！**」男孩吶喊。距離那麼遙遠，其他賽車的引擎又如雷聲隆隆，男人根本聽不見兒子的叫聲。法蘭克心急如焚，一心只想幫忙。只想做點什麼，做**任何事**都可以。只可惜他對即將發生的事無能爲力。

迷你車爆衝，而且沒辦法慢下來。

車子失控了。

嗡～！

賽車的藝術在於收放自如，知道何時該加速，何時要減速。爸爸太快轉彎了，但這可不是碰碰車冠軍級賽車手會做的事。法蘭克的心臟在胸口怦怦捶擂。想必**女王號**煞車失靈。可是，怎麼會呢？每次出賽前，爸爸總會再三檢查啊。

這時，**女王號**突然來個**急轉彎**，免得迎頭撞上一輛福特小跑車。可是迷你車的車速

實在過快，轉彎時車身不停

翻滾，翻滾，翻滾

砰！砰！砰！

如今，爸爸的車翻倒在賽道中央。後面一輛捷豹不偏不倚地撞上，把迷你車撞飛到半空。**然後再次墜地……**

砰咚！

……車身因而解體。

「慘了，爸爸，不要啊！」站在廢車塔上的法蘭克吶喊。

賽道上的碰碰車因為閃避不及，造成連環衝撞。

啪嗒！

砰！

哐啷！

金屬撞擊和玻璃碎裂聲不絕於耳。

劈啪！

其中一輛車爆炸了，燃成一顆火球！

「不好了！」法蘭克吼道。

男孩連忙衝下廢車塔、穿過人群，直奔爸爸的車。一架空中救護機在半空盤旋，然後在賽道上降落。消防員設法從汽車的殘骸救出他；過程中，男孩始終握住爸爸的手不放。

「兄弟，你到這兒來幹嘛？」爸爸氣若游絲地說。「你該在家睡覺才是。」

「爸，對不起。」法蘭克答覆。

「他們救我出去之後，我要你給我一個最大的**抱抱**。」

「爸，一切都不會有事的。**我保證**。」

然而，這是一個男孩無法信守的承諾。

3

車禍重傷

哦咿！哦咿！哦咿！

救護車疾速駛向醫院，一路上法蘭克緊握著父親的手。男人的右腿在車禍中被壓成重傷，他整個人也失血過多。

「古迪先生，」爸爸被緊急送往醫院的急診室時，有位醫生開口了：「我有件壞消息要跟你說。我們必須截斷你的腿。」

「哪隻腿？」父親問道；即使在最危急的時刻，他還是不改幽默作風。

「當然是右腿。假如不馬上做截肢手術，你可能會有生命危險。」

「爸，你不能死啊！」法蘭克說。

「兄弟，別擔心。單腳跳我最拿手了。」

爸爸被火速送往手術室。法蘭克不斷努力撥電話給母親，可是電話占線，他連撥好幾個小時都打不通。手術進行了一整晚。法蘭克在候診室來回踱步，整夜無法成眠。隔天早上，當父親從麻醉中醒來，睜開眼看見的第一個人就是他的寶貝兒子。

「兄弟，還是你最夠義氣。」爸爸氣若游絲地說。他顯然承受了很大的痛苦。

「爸，你撐過來了，我好高興哦。」法蘭克回話。

「那是當然囉。我還想看著你長大咧。你媽人咧？」

「不曉得欸。我昨晚一直試著聯絡她，可是電話一直占線。」

「她會來的。」

直到兩小時後，她才現身。

「哦，吉伯特啊！」一見到老公她便熱淚盈

眶地吶喊。不過她待得並不久，所以一家三口大團圓的戲碼很快就落幕了。吉伯特在醫院住了好幾個月，可是太太**愈來愈少**到他病床畔探視，而且來訪的時間也**愈來愈短**。不過，護士小姐幫法蘭克搭了一張行軍床，所以男孩可以每晚睡在父親身邊。

有一天，幾位醫生帶了一條木腿給吉伯特。義肢裝起來宛如量身定做般合適。他在幾天之內就重新學會走路，並且堅持從醫院一路走回他們住的那棟公寓。

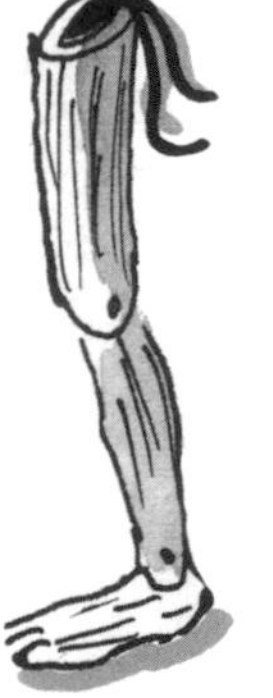

「我還是樣樣一把罩嘛！」爸爸自豪地說。

他走路一瘸一跛的，整趟路程法蘭克都牽著他的手沒鬆過，最後父子倆總算走到家了。

只是回家以後，卻發現媽媽不在家。她在廚房桌上留了張字條。上面寫著：

給法蘭克和
吉伯特：
對不起。
麗塔

4

臉色嚴肅的男人

「爸，這是什麼意思？」法蘭克問道。「她對不起什麼？」

「因爲她走了。」

「她不回來了嗎？」

「對。」

「爲什麼？」

「你媽跑去跟一個**矮冬瓜**住**大豪宅**了。」

「可是……！」

「法蘭克，對不起。我已經努力對她好了，可惜我這麼努力還是不夠好。」

「爸，對不起。」

「我要**抱抱**。」

「我也要。」

於是這對父子倆緊緊相擁、抱頭痛哭，一直**哭**到流不出眼淚爲止。

值得嘉許的是，爸爸從沒說過老婆（這個時候應該說是「前妻」了）的半句壞話；可是母親選擇這樣不告而別，還是傷透了法蘭克的心。縱使媽媽現在住在**富麗堂皇**的豪宅，她卻從沒邀兒子住過，一次也沒有。她連續兩年忘記兒子的生日，法蘭克便下定決心從此這個媽媽不見也罷。週復一週、月復一月，母子倆都毫無聯絡，後來打電話給媽媽這件事也變得難以想像。**所以他一通電話也沒打過**。

只是，法蘭克心裡對她的牽掛一秒也沒停過。說也奇怪，因爲即使她狠狠傷了他的心，**法蘭克還是很愛她**。

發生車禍之後，爸爸失去了很多。不只是他的一條腿，還有他的老婆。沒過多久，他將要失去另一項重要的東西。

他的工作。

碰碰車賽車手是吉伯特熱愛的職志。這是他從小就夢寐以求的工

作。賽車場老闆無視他再三請求，禁止他再上場。他們把那場意外怪在他身上，永遠都不想看到他重返賽車場，還說他只有一條腿，賽車不安全。

於是爸爸試著找別份工作，什麼工作都不設限。他試了又試，卻再三碰壁，這個裝木腿的男人發現自己應徵工作總是敬陪末座。

一向習慣當**英雄**的爸爸，現在卻覺得自己像個**魯蛇**。

兩年寒冷的聖誕節來了又走。時光荏苒，法蘭克愈來愈擔心爸爸。有時候他發現這個男人獨自坐在扶手椅上發呆。爸爸常窩在家裡，一窩就是幾天不出門。

父子倆上街，再也沒人按喇叭致敬了，他們也沒錢上館子吃英式派和馬鈴薯泥，要老闆幫他們**免費加料**更是天方夜譚。

法蘭克十一歲生日那天，爸爸買了一個**超大**的賽車玩具組給兒子當禮物。

男孩愛死它了。

這是他收過最棒的玩具。爸爸甚至在迷你版的迷你車上畫了英國國旗，看起來跟**女王號**一模一樣。父子倆會一起玩賽車玩到深

夜，重演爸爸在賽車場上家喻戶曉的勝利英姿。

不過，法蘭克再怎麼喜歡這組玩具，心裡卻還是愁雲慘霧，畢竟爸爸失業兩年了，買玩具的錢到底是打哪兒來的？法蘭克知道這麼高檔的玩具很少小朋友能擁有。玩具賽車整套買下來要花好幾百英鎊呢，而爸爸沒有那麼多錢。

法蘭克過完生日沒多久，有一群**臉色嚴肅**的男人敲上他們公寓的門。

砰！砰！砰！

他們手上揮舞著幾張紙，嘴裡吼著「欠錢不還」。然後不顧法蘭克擋在門口，直接侵門踏戶。這些男人一進家門，看見值錢的東西就大肆搜刮，再大搖大擺地搬走。先是**電視機**，再來是**沙發**，然後是男孩的**雙層床**。

有一回法蘭克索性不應門，沒想到他們竟然把鉸鏈拆了、破門而入。那天他們拿走的是男孩的**賽車玩具組**。

經過這幾次討債公司上門，爸爸的意志澈底消沉下去，臉上寫滿了絕望，會一個人默默不語地坐著。法蘭克則想盡辦法鼓勵灰心喪志的爸爸。

「爸，別沮喪嘛，」男孩這麼安慰他。「總有一天，我一定會把屬於我們的東西統統討回來。我保證。我長大以後要跟你一樣當個賽車手。」

「兒子，過來，給老爸一個**抱抱**。」

父子倆相擁後，一切似乎撥雲見日。他們雖然經濟不寬裕，但法蘭克的內心卻從不感覺貧窮。他的套頭毛衣都是破洞，與其說是穿毛衣，倒不如說是洞洞裝，但是男孩並不介意。他總是得拿破掉的塑膠袋裝課本上學，不過也不放在心上。沒過多久，家裡就只剩一顆電燈泡，到了晚上，他們得把燈泡一下移到這裡，一下移到那裡，但這對父子也漸漸習以爲常。

這是因爲男孩有個全天下最好的爸爸。**至少他是這麼想的**。

5 最高機密

有天晚上，他們在**冷冰冰**的公寓吃完**冷冰冰**的焗豆晚餐後，爸爸有事宣布。

「一切都要改變了。」

法蘭克聽了愁容滿面。雖然他們家徒四壁，可是男孩知足常樂。爸爸把手搭在兒子的肩上。

「兄弟，沒什麼好**擔心**的。情況都要好轉了。」

「怎麼個好轉？」

「我們的生活就要改變了。**我找到工作了**。」

「爸，太棒了！我眞替你高興！」

「我也很高興。」男人答覆，可是他的臉上卻沒有一絲欣喜。

「什麼工作？」

「開車的工作。」

「碰碰車賽車？」法蘭克興奮地說。

「不是，」爸爸說。他整理思緒。「不過我車子會開很快，**用飆的**。」

「**哇！**」男孩的目光炯炯有神，就像汽車亮起了車前大燈。

「**耶！哇！**我會開始賺錢。賺很多錢，之後就能把電視贖回來。」

「看電視很無聊啦。我寧願聽你說那些賽車的故事。」

「那好吧，兄弟，把沙發贖回來總可以吧！」

男孩想了一下。坐在木頭條板箱上吃晚餐的確不舒服。「屁股插木屑也沒關係啦！」

「**真的嗎？**」爸爸咯咯笑著問他。男人笑到在條板箱上**前後搖擺**。

「**哎呀！**又多插一根了！」

「**哈！哈！**」

「好啦，好啦。我知道你最想把什麼贖回來。」

「什麼？」

「你的賽車玩具組。」

男孩陷入沉默。他確實很懷念那套玩具。「**爸，被你猜到了。**」

「兄弟，對不起，讓你的玩具也給拿走了。」

「爸，沒什麼啦。」

法蘭克感覺爸爸有點不對勁，只是哪裡有問題又說不上來。這份神祕的工作到底是什麼？

「爸，你要開什麼車啊？**賽車**嗎？」

「**不對**，要跟開賽車一樣快，不過是在大馬路上。」

「開**救護車**？」

「**不對**。」

「開消防車？」

「**不對**。」

男孩瞪大雙眼。「該不會是開警車吧？」

爸爸這個動作像在點頭，又像搖頭。「差不多啦。」

男孩絞盡腦汁。「爸，『差不多』是什麼意思？」

「嗯，這是**最高機密**。」

「**跟我說啦！**」男孩懇求道。

「跟你說就不叫**最高機密**啦！」

「那當差不多**最高機密**也行。」

「兄弟，很抱歉，恕我無可奉告。不過他們會付我薪水。我會開始賺錢，真正的賺大錢，然後我們就能買東西了。買**很多很多**東西，新的運動鞋、新玩具、新的電腦遊戲，你想要什麼，爸爸統統買給你。」

法蘭克憂心忡忡，看著爸爸瞪大眼。這一切聽起來美好到難以置信。

「爸，可是我要的東西不多。只要有你就夠了。」

此話一出，壞了爸爸的興致。「好好好。放心啦。我會好好的，哪裡也不去。」

「你發誓？」

「行行行。兄弟，我發誓。」

「你不會受傷對不對？」男孩問道。他最不希望看到的是爸爸失去他的左腿。

「**我發誓！**」爸爸說。他伸出右手的三根手指頭。「童子軍發誓，我說話

算話！**哈！哈！**」

「你又沒當過童子軍！」

「無所謂啦。給我把焗豆吃完，然後上床睡覺！」

就跟全天下的小孩一樣，法蘭克知道他什麼時候該睡覺，而上床的時間現在還沒到。**「可是現在還沒到要睡覺的時候啦！」**他表示抗議。

「等你準備好要睡覺的時候就是上床時間了。」

這句話雖然很有邏輯，法蘭克聽了卻恨得牙癢癢的。「不公平！爲什麼我非得現在睡覺不可？」

「斐麗姑媽馬上要來家裡照顧你了。」

「不會吧。」法蘭克答覆。

「沒禮貌。她是我們唯一的家人。況且，最重要的是，她隨時都能過來當褓姆。」

「我又不是小貝比。」

「兄弟，這我知道。」

「而且爲什麼要叫『褓姆』？她又不是寶寶的母親。」

「**哈！哈！**」爸爸捧腹大笑。「你考倒我了！」

「那你要去哪裡？」

「跟人家約了要去小酒館。」

「爸，可以讓我跟嗎？」

「**不行！**」

「**拜託嘛**。」男孩懇求道。

「**不行！**大人有正經事要談。反正小孩也不能去酒館。」

「可是我想去。」

「兄弟，抱歉，你不能去。好了，乖啦，給我一個**抱抱**。」

今晚的**抱抱**格外地緊。每當爸爸有煩惱，就會把兒子抱得特別**緊**。

法蘭克不是小呆瓜，他知道事有蹊蹺。

只是不曉得爸爸在賣什麼關子。有待了解。

6

舊書霉味

斐麗姑媽不是法蘭克的姑媽，而是爸爸的姑媽。「斐麗」的全名是斐麗帕，她以身爲家族中氣質高雅的上等人自豪，但事實上他們家根本沒人躋身上流社會。這位女士身上散發著一股舊書的霉味。大概因爲她是圖書館員吧。斐麗姑媽戴的眼鏡，鏡片要比養鯊魚的水族缸還要厚。她心目中的晚間消遣活動是帶一本本她尚未出版的詩集來，朗讀給男孩聽。

斐麗姑媽寫了許多本詩集：

法蘭克最詩厭詩歌了。斐麗會對他朗讀她嘔心瀝血的大作：白雲、醋栗、下雨天、鳥鳴，還有爽身粉。對法蘭克來說，聽她朗讀是一種**折磨**。

那晚男孩心情很差，誰叫爸爸要拋下他，自己單刀赴會，參加那個緊張刺激、**最高機密**、**連對自己親生兒子都不肯說的神祕見面會**，害他得跟這個女人獨處。法蘭克乖乖聽話，換完睡衣後，把頭探到客廳門口。

「斐麗姑媽，晚安！」他說完這幾個字馬上掉頭就走。

「慢著，還沒那麼快！」女士尖聲尖氣地說。

「妳說啥？」

「小朋友，我要送你一個特別的禮物，那就是：准你今晚熬夜。」

「**酷斃了**！」男孩驚呼。

「沒錯！你熬夜的話，我就能把我創作的詩讀給你聽了。」

這樣就一點也不酷了。

「我知道你有多愛聽我讀詩。」

「我好累哦。」法蘭克撒謊，假裝打呵欠，把雙臂伸得老長。

「小朋友，你馬上就會提神醒腦了，因爲我給你準備了一個驚喜！喜不喜歡驚喜啊？」

「看情況。什麼驚喜？」

「現在跟你說，就不是驚喜啦！」斐麗姑媽答覆。

男孩思索一下。「是跟詩有關的驚喜嗎？」

「答對了！你怎麼知道的？」

「隨便猜猜囉。」法蘭克嘆息道。

女士打開手提包，取出她皮面精裝的筆記本，把它當作一個神聖的遺物捧在手心，再小心翼翼地翻開第一頁。

「法蘭克，今晚要讀的第一首詩，是我特別寫給你的。」

想到這首詩寫的內容關於自己，法蘭克就覺得坐立難安。這種不安感就像有次法蘭克在學校餐廳吃到幾根沒烤熟的香腸，結果感覺自己的屁股快要**開花**了，只能馬上衝去廁所。

斐麗姑媽開始用嘴巴發出奇怪的聲音，像是馬在嘶鳴。

嘶嘶！
嘶嘶！

然後她以刺耳的高音調發出嗡嗡聲。聽起來很像有人用手指刮玻璃杯的杯緣。

法蘭克用手指塞住耳朵。「**這就是那首詩嗎？**」他大聲喊道，蓋過噪音。

喂喂喂喂，哇哇哇哇哇，
喂喂喂喂，哇哇哇哇哇，
喂喂喂喂喂喂，哇哇哇哇哇哇哇……

「**不是啦**！我只是在暖身開嗓！好的，我準備好了。這首詩的名字就叫作『法蘭克』，作者是我。」

「我可愛的小克克，
我想跟你道聲謝，
因為你做自己。
我唯一的姪子
超級讚一級棒的兒子。
你是個散播歡樂的
小男孩
就像在微風中輕舞的蝴蝶，
或在樹林中歌唱的蜂鳥，
或是從大海中躍起的海豚，
或是和同伴嗡嗡低語的蜜蜂。
你帶來歡樂，溫暖我心，
宛如剛出爐的蘋果塔，
還加了許多熱騰騰的芥末醬。
提到芥末醬很奇怪，我明白，
可是跟蘋果塔一樣是三個字的，我只想到它。
哦，法蘭克，請你永遠不要變老——
永保年輕勇敢！
我的詩也要告一段落。
最後一個小叮嚀：不要挖鼻孔。」

女士被自己詩集純粹的美感感動得熱淚盈眶。

「怎麼樣？」她邊問邊抽鼻涕，目光在法蘭克的臉上尋找認同的表情。

「什麼怎麼樣？」男孩反問。

「我是想問：你覺得這首特別爲你寫的詩怎麼樣？」

「嗯。我覺得這首詩很……」

「很怎麼樣？」

法蘭克年紀雖小，但很懂事，知道有時候得撒點小謊，才不會傷別人的心。

「很有詩意！這是一首很有詩意的詩。」

女士欣喜若狂。「**非常感謝！**這是極高的讚譽。每位詩人都希望自己寫的詩充滿詩意。好，讀完一首了，還有九十九首。」

「我要睡覺了！」

「你確定？」

「百分之百確定。我現在就得上床睡覺！」

「我讀一首『**淡紫色的愛**』給你怎麼樣？」

「我是很想聽啦，可是……」

「還是『**我腳垢的幾行詩**』？」

「我眞的沒辦法……」

「你一定會喜歡『**泥潭賦**』的！唏哩哩，嘩啦啦，雨珠顆顆落進潭……」

「**不要讀了**！我是說……不用了。」

女士一臉哀傷。「什麼叫『**不用了**』？」

「我是說：謝謝，但是不用了。因爲剛聽完妳以我爲名的詩，辭藻優美，聽得我情感澎湃。」

斐麗姑媽點點頭。「這是一定的！我了解。我都忘記自己文字強大的張力了。祝你有個好夢。」女士張開雙臂，要給男孩一個擁抱。男孩不情願地走向她。她每次都把他抱得太緊了。

「**呃！**」法蘭克叫道，他感覺身體裡的空氣要被擠出來了。

「抱歉，」斐麗姑媽說。「擁抱我不是很在行。」女士一輩子未婚，據法蘭克所知，她也從沒談過戀愛，所以這一生大概很少跟人擁抱。

「晚安，」男孩說。「我要去睡覺了。」

這又是謊話。

一個天大的謊話。

7

詩歌之死

溜出公寓這檔事法蘭克做過無數次了。多年前每逢週六夜，法蘭克就會瞞著媽媽，偷溜出去看父親賽車。

以前溜出家門輕而易舉。法蘭克只要把床上的枕頭弄蓬，然後塞進羽絨被裡。如此一來，假如媽媽願意放下手上的電話，把頭探進他的房門，便會以爲兒子躺在床上熟睡。如

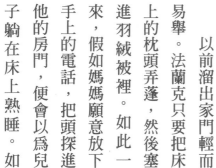

今，沒有**枕頭**，沒有**羽絨被**，而且連一張**床**都沒有。自從那群**臉色嚴肅的男人**突襲，把家洗劫一空，男孩就只好睡在充氣床；問題是充氣床在晚上總是沒氣，就像吹**不太出聲音的長喇叭**。

法蘭克腦筋得動快一點，想出一個新策略。假如被迫再聽一首斐麗姑媽自己創作的詩，他很有可能會開始**自燃**。

男孩把**皺巴巴**的報紙塞進一件舊睡衣，做一個真人尺寸的假人，裝成是他自己。然後再把假人**擺在**充氣床上。

最後，法蘭克得選對時機溜出家門。待在臥室的他聽到斐麗姑媽在客廳創作一首新詩，這他已經見怪不怪。姑媽一邊振筆疾

書，一邊高聲朗誦。

「哦，傲然挺拔的樹啊，
我在自己身上看到許多你的特質，
雖然我身上沒有葉子，
也沒長樹枝。
我這個血肉之軀也不是木頭做的，
但除此之外，我可以
當一棵樹。是的，
我沒長樹皮……」

「糟糕，不行不行，重寫好了。」

「哦，傲然挺拔的樹啊……」

客廳位於門廳的盡頭，所以如果法蘭克敢衝向家門，百分之百會被斐麗姑媽逮個正著。沒過多久，男孩聽見女士拖著腳步穿過走廊。**他的機會來了**！法蘭克把臥室的門打開一丁點，眼睛貼在門縫上。斐麗姑媽走進廁所，把門帶上。

咔嗒！

「哎呀！討債集團把馬桶座也拿走了！」法蘭克聽到她驚呼。「那我只能半蹲囉。」

她到底在上大號還是小號，法蘭克無從得知。他怎麼可能知道呢？這種事是個人隱私，這個祕密只屬於斐麗姑媽和她的屁屁。

大號可能要上很久（有的人上幾小時，有的人可能要耗上幾天），反觀小號，可能幾秒鐘就解決了。於是，法蘭克用他最快的速度在木頭地板上碎步跑了起來（**臉色嚴肅的男人**連地毯也不放過），一路直奔大門。他打算在那裡等待沖馬桶的水聲掩蓋他的逃跑聲。

真是悲劇！

廁所的門又開了。

咔嗒！

「太扯了！連衛生紙都沒有！」斐麗姑媽喃喃自語。

原本蹲在走廊的法蘭克及時**跑**回他的臥室。斐麗姑媽的內褲還掛在腳踝，就像隻**螃蟹橫著快走**，奔回客廳。

「那麼，我該犧牲哪首詩呢？」她反問自己。「每一首都是空前絕後的傑作。我瞧瞧。好吧，那就『**水煮荷包蛋之賦**』吧！」

然後男孩聽到扉頁從詩集本撕下的聲音。

接著斐麗碎步跑回廁所，再關上門。**咔嗒！**

法蘭克**爬**回前門，靜待沖馬桶的水聲。

喀拉！

斐麗在拉沖水馬桶的鏈條，可是水沒沖下來。

喀拉！

還是一樣。沒水。

喀拉！喀拉！喀拉！

「我的老天爺啊！鏈條被我拉斷了！」她驚呼道。

接著，男孩聽見廁所門後傳來費勁的聲音。「只好把內褲勾在控制桿上了。」

沖水！

搞定！

法蘭克趁機打開家門，再靜悄悄地帶上門。

喀拉！

他們那棟公寓的電梯一直都是壞的，假如住在九十九樓，就要爬到天荒地老了。幸好法蘭克發明一個超酷的方法，溜下看似永無止盡的階梯。他找到一個老舊的洗衣籃，用紅色、白色和藍色毛氈粗頭筆，將它彩繪成**女王號**的顏色。現在他要做的只有：坐在階梯頂端，其餘就交給地心引力負責。

咻！

8

飛天牧師

轉瞬間，法蘭克便疾速溜下階梯，假裝他是現實生活中的賽車手。

咚

咚

咚！

洗衣籃碰撞每個階梯，不斷劇烈震動。法蘭克必須緊緊抓牢，不然就要飛出去了。

咻！

PIZZA
PIZZA
PIZZA
PIZZA
PIZZA
PIZZA
PIZZA

跟碰碰車賽車一樣，要**衝撞**的東西有很多。雖然很難操控洗衣籃，法蘭克還是盡最大的努力，身體一下**左傾**，一下**右倚**，**差點**就要撞上：

一台**壞掉**的洗衣機……

一輛**底朝天**的購物手推車……

一群鴿子……

一台被人**踹破**的電視機……

捧**一整疊**披薩的送貨員兼司機……

一個裝**空瓶**的條板箱……

被三隻小狗**拖上**樓梯的嬌小老太婆。

不過其中有個人沒那麼走運。那就是當地的牧師朱蒂絲。她眞倒霉，因爲法蘭克**急轉彎**，突然迎頭**撞上**這位女士。

砰！

「**啊！**」被撞飛到半空的她大叫。

你們看！飛天牧師耶！

這位女士翻了一個筋斗（而且是她生平第一個），然後一屁股跌坐在地。

法蘭克很幸運，朱蒂絲牧師人很好，還向他道歉。

「真抱歉，擋到你的路了！」牧師高聲說。

「朱蒂絲牧師，真的很抱歉！」男孩高分貝回應，同時繼續溜下樓。

「希望禮拜天能在教堂見到你！」女士揉了揉瘀青的屁股，滿懷期望地補了這一句。

牧師總是造訪摩天大樓，邀住戶來她空蕩蕩的教堂，可是住戶從不領情。法蘭克很替這位女士難過，但沒難過到願意在禮拜天爬下床去上教堂。

咻！

洗衣籃嘎嘎響地溜下最後幾階，在混凝土地面**打滑**。

呼呼呼！

最後終於煞住了。男孩把洗衣籃藏到幾個垃圾筒後面，接著衝向地方上一間名叫**「劊子手和斧頭」**的酒吧。

法蘭克從汙穢的窗戶往裡看，發現酒吧裡門庭若市。這個屬於大人的世界繁華熱鬧。男的爭吵不休，女的打打鬧鬧，每個人都在喝酒。酒吧裡吵翻天了，說什麼都不像談論**最高機密**的地點。儘管男孩睜大眼睛四處張望，還是遍尋不著爸爸。

正當他準備放棄、打道回府之際，法蘭克聽見停車場傳來**隱約**的人聲。男孩轉過頭，看見幾個男人在一輛**白色的**勞斯萊斯內坐著談話。這輛勞斯萊斯之所以顯眼，不光只是因爲在停車格裡顯得車體**龐大**，也是因爲這種等級的名車從未在這區出現過。

車裡彌漫著香菸的濃煙，所以男孩看不清男人的長相。法蘭克繞過其他停放的車輛緩慢移動，稍微靠近一點。他勉強看出爸爸坐在駕駛座的輪廓。但其他男人是誰？他在這輛**價值不菲**的車上做什麼？

爲了聽清楚他們的對話，法蘭克爬上停在勞斯萊斯隔壁的水電工廂型車車頂。可是無論怎麼拉長耳朵，都只能聽見零星幾個字眼，彷彿男人刻意壓低音量，不讓外人竊聽。

男孩費盡千辛萬苦才來到這裡，說什麼都不要打退堂鼓。於是，法蘭克輕手輕腳地從廂型車爬到勞斯萊斯的車頂。他趴在車上想聽個仔細。

結果這是個**危險的錯誤**。

9

一次任務

「萬一我們被抓呢？」講話的是法蘭克的父親。

做什麼事被抓？趴在勞斯萊斯車頂偷聽的法蘭克，在心裡打了個問號。

「如果你開得夠快，就不會有人被抓了，」有個男人回答。「我都研究好了。我有內部情報。進去出來兩分鐘就能搞定。」

「我不曉得欸。這比你原本說的還要**大條**很多。我把欠你的錢還你就是了。**求你行行好**。」爸爸說。

「這句話你說過一百萬遍了。」

「我會找到工作的。」

「小鎮上哪有工作？尤其是到哪兒都只能單腳跳著走的瘸子。」

另外兩個坐在後座的男人發出低沉的陣陣嘲笑。**「哈！哈！哈！」**

「你應該很愛你兒子吧？」男人問他。

法蘭克大口吸氣。對方提到他了。

「愛啊，我當然愛他。全世界我最愛的就是他。他跟這件事有什麼關係？」

「我可不希望他有什麼三長兩短啊。」

「不要把我兒子給扯進來！」

「那你就照我說的做。」

「如果你敢動我兒子一根汗毛，我就……」

「你就怎麼樣？」坐在副駕駛座的男人**咆哮**。

「把你的假腿拔下來敲我嗎？」

後座的兩個男人再次放聲大笑。**「哈！哈！哈！」**

「好好好，」爸爸說。「我照你說的做就是了。但僅此一次。出完這次任務**我就不幹了**。」

「對你來說，也不是什麼難事嘛，」前座的男人滿意地哼著說。「好了，

吉伯特，我要你展現一下賽車冠軍的身手，看看你是否寶刀未老。」

「無論有沒有瘸腿，我開車還是一把罩。」

「那就證明給我看。」

「你準備好了嗎？」

「好了。」

「抓緊啦。」爸爸答覆。

超大台的勞斯萊斯引擎開始高速運轉。

接著黑色車輪疾速旋轉，空氣中瀰漫著煙霧朵朵。聞到燒焦的橡膠味，法蘭克不由自主地咳了起來。男孩掙扎著起身，想跳回停在隔壁的那台廂型車。不料爸爸搶先他一步。**法蘭克還站在車頂，勞斯萊斯就疾速駛向黑夜！**

10 連喘息的時間都沒有

法蘭克又趴回車頂，怕摔下車而緊緊抓著。勞斯萊斯以每小時一百英哩的速度**竄**出停車場，轉瞬間就開上大馬路。男孩淚眼汪汪，頭髮也全都**豎直**了。這是有史以來**最危險**的遊樂場遊戲了。

相當然爾，爸爸並不曉得兒子正緊貼著勞斯萊斯的車頂。他知道的話，就不會：

義無反顧地闖紅燈……

咻！

急轉彎，追上一輛公車……

嘎嘎吱

再衝破一道籬笆……
接著在公園**馳騁**。

轟轟轟！

男孩被**彈**到半空，
他的身體**忽上忽下**地
撞擊車頂。

砰！砰！砰！

「哎！哎！哎！」

法蘭克剛鼓起勇氣再次睜開眼，就看見他們要迎頭撞上公園彼端的另一道籬笆。

咔砰！

木板條**炸**飛到半空中。其中**一大塊**咻地一聲飛過法蘭克的頭頂。

一切發生得太快，連喘息的時間都沒有。

車子筆直開往一條比車身**窄**得多的小巷。假如爸爸現在不踩煞車，這輛勞斯萊斯可能會迎頭撞上一面磚牆。

「停車！」坐副駕駛座的男人吼道。

「啊啊啊！」後座的雙人組放聲尖叫。

可是車子的引擎反倒**加速**運轉。

「不要啊！」車內一片哀嚎。

法蘭克再也撐不住了。男孩不得不閉上雙眼。

11 兩輪比四輪強！

小巷的一邊是堆疊的木板。勞斯萊斯一個**急轉彎**，左側的輪胎**攀**上木板，車子光靠兩輪行駛！

法蘭克再度睜開雙眼，**驚覺**自己**滑**到車頂的邊邊。他用手指死命抓緊，免得摔車。

持續以雙輪行駛的車子勉強穿過**狹窄**的小巷。

「**你要把我壓扁了啦！**」

車內傳來一聲狂吼。

名車從小巷的另一頭竄出，爸爸急轉方向盤，車身又彈回四輪著陸。

砰咚！

法蘭克才剛如釋重負，馬上聽見警笛大作。

喔咿 喔咿！

喔咿 喔咿！

他們周圍的樓房閃過陣陣藍影。男孩回頭一望，只見後面有輛警車**急起直追**。

爸爸腳**踩**油門，勞斯萊斯便呼嘯一聲，在大馬路上逆向行駛。法蘭克不敢相信眼前的景象。車子在迎面而來的車海中左彎右拐、**衝鋒陷陣**！卡車和汽車紛紛閃避，爸爸及時

轉彎繞行、險象環生。

過程既**驚險**又**恐怖**。

正前方有藍色閃光鋪天蓋地，以迅雷不及掩耳的速度朝他們移動。法蘭克一度認不出那是什麼。他瞇起眼。是**警察**！一排警車正高速向他們**駛來**。他們排成陣型，堵住整條馬路。

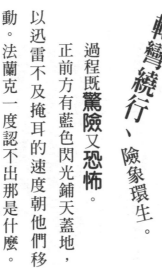

他們繞不出去。

鑽不了地。

也穿不過去。

這下走投無路了。

雖然爸爸曾貴爲賽車冠軍，但他這回肯定逃不了了。

法蘭克鬆了一口氣。嚴峻的考驗終告尾聲，他總算能見到十二歲生日的陽光了。

不過，爸爸非但沒減速，反而催起油門。勞斯萊斯和形成**圍牆**的警車之間有輛巨大的卡車。卡車後面接了一台用來運輸汽車的拖車，不過現在是空的。卡

車司機看到他們迎面疾馳而來，肯定嚇傻了，因爲卡車竟在馬路中央來了個戲劇性的大轉彎……

吱嘎！

……然後停住了。

爸爸這下逮著機會，疾速駛向卡車的後部。裝載車的斜坡道是垂下來的。

勞斯萊斯火力全開，順勢上斜坡。

砰咚！

勞斯萊斯撞上斜坡，直衝而上，等開到頂頭便義無反顧地起飛，穿入空中。

男孩可以感覺心臟在胸口撲通直跳。

撲通！撲通！撲通！

他的心臟跳得好快，像是快要蹦出胸口了。**時間彷彿慢了下來又開始快轉**。法蘭克一**飛**沖天。他希望一切立刻結束，卻又希望永遠不要結束。

勞斯萊斯從一排警車上頭**翱翔而**

過，只有一個後輪在下降的過程中削過車頂。

嘎扎！

車子像顆足球在馬路上**彈跳**，法蘭克本以爲他要被**甩到空中**了；幸好最後他們**砰咚**一聲，摔落在形成圍牆的警車後方。

砰！砰！砰！

男孩才剛設法抓牢勞斯萊斯的車頂，這台車旋即調正方向，一溜煙地開走了。

法蘭克回頭觀看父親造成的亂象。

警察努力想把車子調頭，問題是先前卡位的陣型太緊，這下子動彈不得。他們試圖追趕，可是警車卻相互推撞。

砰！轟！嘎扎！

儘管才剛死裡逃生了千百回，男孩還是忍不住綻開笑容。**他的英雄老爸再次化險為夷了。**

12

猛烈一摔！

法蘭克仍舊死命抓著車頂，隨著勞斯萊斯飆回酒吧的停車場。驚天飛過整排警車車頂的爸爸，想必沉醉在狂喜的心情。他將車身急轉，倒車回原本的車位，只差毫釐就要刮到隔壁的車輛。

嘰嘎！

勞斯萊斯一個急停，法蘭克再也抓不住了。停車的力道將車頂上的男孩往上彈。

呼呼呼！

仿彿被大砲**轟出**一般，他翱翔天際，最後掉進一叢灌木。

「痛欸！」

窸窸窣窣！

幸好灌木叢緩和了他墜地的衝擊力道，所以他沒摔斷骨頭。

儘管摔得頭昏眼花，法蘭克還是馬上起身，找個安全的藏身之處。他可不想讓爸爸發現他深夜穿著睡衣溜出家門監視他。要是爸爸知道，他就有**大**麻煩了。

「**那是什麼？**」副駕駛座的男人吼道。

「**什麼是什麼？**」後座其中一個男的反問他。

「**一定有人在我的車頂上！給我追！**」第一個發言的男人狂吼。

後座的雙人組跌跌撞撞地下車。一個**高而精瘦**，另一個**虎背熊腰**。

法蘭克躲在酒吧停車場的垃圾筒後面觀望。經歷這趟神乎其技的驚魂之旅，雙人組走起路來搖搖欲墜，想必狀況糟透了。他們臉色**發青**，彎著腰呼吸急促。

「**我說『給我追』**！芬格，你還在等什麼？」

「老闆，我沒辦法。我好像快吐了。」高個瘦皮猴答覆。

「**桑姆，那你去追！**」

彪形大漢眼眶泛淚。「老闆，我尿褲子了，」他小聲說。「總不能穿溼答答的內褲追吧。」

「為什麼不行？」

「我媽說這樣會起疹子。」

「兩個沒用的笨蛋！」他吼道。**「吉伯特！給我追！」**

爸爸爬出名車。男人失去了一條腿，所以走路一瘸一拐的。那條木腿總是拖在身後。

「大人物，不好意思。褓姆還在家裡等我，我得先告辭了。」

矮冬瓜瞇起眼睛，說起話來像是連珠砲。

砰！砰！砰！

「你們到底有沒有聽進去？**剛有人待在我寶貝名車的車頂。你們三個給我去追，**

「現在就去！」

大人物雖然個子矮小，但發飆咆哮的時候會給人一種與鱷魚正面交鋒的錯覺。芬格、桑姆和爸爸只好馬上聽命照辦。桑姆舉步維艱，一般人尿褲子走路大概就是這麼爲難。精瘦的芬格戳爸爸的背，逼他往前走，面對在陰影中蟄伏的潛在危險。躲在垃圾筒後面的法蘭克無處可逃。他往回縮，在黑暗中祈禱自己別被發現。三個男人愈走愈近。芬格搜索灌木叢，用他又細又長的手指拂掠枝葉。在此同時，桑姆**喘著粗氣**趴在地上檢查每輛車的車底。

「老闆，這裡**沒有**。」桑姆喊道。

「老闆，這裡**也沒有**。」芬格接著說。

爸爸現在離法蘭克好近，近到男孩能夠聽到父親的呼吸。男人**端詳**垃圾筒後方，驚見自己的兒子一臉內疚地**蹲**在那裡，飛車之旅把他給**嚇**壞了。

「有人躲在那裡嗎？」大人物嚷道。

「沒啊。沒人，」爸爸直視兒子的雙眸答覆。

「一個人影都沒有。」

爸爸微微搖頭。男孩把它看做是暗號，要他盡可能地不動聲色。只要他移動一條肌肉，父子倆可能就會陷入**深淵**般的大麻煩。

「大人物，那肯定是隻鳥。」爸爸說。

「超大的一隻鳥，」矮冬瓜嘀咕道。「好了，我們得在條子過來盤查之前離開這裡。芬格，幫我把寶貝名車重新噴漆，車牌也換掉，免得他們追查。」

「老闆遵命。」

「桑姆，你來開車。」

「謝謝老闆。」大塊頭答覆。

「我希望自己毫髮無傷地回家。現在全都給我上車。」

爸爸低著頭走回名車，顯然是害怕露餡，所以緊張兮兮。

「你怎麼了？」大人物斷聲問道。這名犯罪首腦觀察力如刀鋒般銳利，**沒什麼能逃過他的法眼**。

「我沒事啊。」

「我可以信任你嗎？」

「可以，先生。當然可以。」

「那就好。我可不想你兒子有什麼三長兩短。給我上車。」

躲著的法蘭克聽見勞斯萊斯的關門聲。

咔嗒！

車子疾速駛進黑夜。

男孩的心頭萌生一股強烈的不安感。**他的父親居然跟一群壞到骨子裡的人瞎攪和。**

13 甩耳光，啪啪啪！

法蘭克一路跑回家。他在家門口蹲下來，望向信箱的彼端。家裡黑漆漆的，但他能聽見斐麗姑媽**大聲打鼾**。

「**呼嚕……呼嚕……呼嚕……呼嚕……**」

於是，男孩趕快開門，衝進走廊、直奔臥室。法蘭克急忙跳上充氣床，可是床被他這麼一**跳**，竟然爆開了。

砰！

悲劇！

爆炸聲把斐麗姑媽給驚醒了，她直接闖進房裡。

「一切都好嗎？」她喊道。「我聽到**砰**的一聲！」

法蘭克假裝睡覺。

「**呼嚕……呼嚕……**」

斐麗姑媽並沒有因此打退堂鼓。女士又吼了一遍，這回還對準他的耳朵。

「**小克克？**」

男孩還是緊閉雙眼。

這回女人開始拍他兩頰，拍得有點用力，法蘭克很難再裝睡下去了。

拍！拍！拍！

現在輕拍變成甩耳光了。

啪！啪！啪！

就在此時，爸爸走進家門，高聲喊道：「斐麗姑媽，對不起，我回來晚了！」

「沒關係，」男孩聽到她說。「法蘭克整晚睡得跟寶寶一樣酣甜。」

「**真的嗎？**」爸爸語氣中帶著一絲訝異。

「是啊。他完全沒惹麻煩。」

「謝謝。星期六還要再請妳過來照顧他。」

「吉伯特，我很樂意。到時候見了。」

「謝謝斐麗姑媽。晚安。」

法蘭克聽見大門關上的聲音，但還是繼續裝睡。爸爸可沒那麼好騙，他不久前才看到兒子躲在垃圾箱後頭。**現在父子倆有正經事要好好談了。**

14 誓言

「你到底以爲自己在幹嘛？」爸爸跪在兒子臥室地板質問他。

「你又到底以為自己在幹嘛？」法蘭克反問他。

聽到兒子以問題代替回答，爸爸一臉不悅，並堅定立場。

「是我先問的。」男人說。

男孩**大口吸氣**。每次準備說謊的時候，他總要**大口吸氣**。「我睡不著，所以出去溜達一下，呼吸新鮮空氣。」

爸爸搖搖頭。「兄弟，別想唬弄我。」

法蘭克被**逮**到了，不得不招供一切。「爸，好啦——我的確有跟蹤你，但這都是因爲人家**擔心**你嘛。」

「擔心我？我才擔心你咧！抓著高速行駛汽車的車頂！**你瘋了嗎？**」

「我爬上去的時候，車子還沒開啊。」男孩講起道理。

頂嘴只是讓爸爸更火大。**「你可能把小命都給丟了欸！」**

法蘭克頓了一下才恍然大悟。他先是嘆了口氣，再回答：「爸，我知道。我很蠢沒錯。可是從你們的對話聽來，你好像也打算要做蠢事。」

男人一時語塞。他不曉得那段對話兒子到底聽到了多少。「事情不是你想的那樣。」

「那一定不是什麼好事。」

「就是開車罷了。」

「不可能只是開車那麼單純而已，他們可是**壞人欸**。爸，求求你，這份工作不能接。」

這下子男人的眼眶泛起淚光。「兄弟，我在努力，好嗎？我在努力。努力讓你過最好的生活。」

男孩搖搖頭。「爸！不管你們葫蘆裡賣的是什麼藥，我就是不想要你接那份工作。」

「只不過是工作而已。沒什麼，**就只是一份工作**。之後我就能把債還清，還能留一點錢給我倆過日子。」

「可是，爸——」

「好了，兄弟，我知道自己在幹嘛。我今晚的駕駛神技，你也親眼目睹啦。」

「多數時間我都是閉著眼的。」

「總之我還是寶刀未老，開起車來跟以前一樣剽悍。」

「這我知道，但無論他們要你幹嘛，千萬不要答應。我不希望你吃牢飯或者被殺，那場意外已經夠慘了。爸，我很害怕，**真的很害怕**。」

法蘭克用雙臂圈起爸爸的脖子，把頭埋進他的胸膛。他不由自主，抽抽答答地哭起來了。傷感的氛圍很快就從兒子渲染到父親身上。男人淚如雨下，他的處境相當為難。大人物和他的黨羽**威脅**要傷害他全世界最愛的人——**他的兒子**。假如爸爸不照他們說的去做，天曉得他們會拿法蘭克怎樣。

「好了，兄弟，別哭了。」爸爸一面安慰兒子，一面摸他的頭髮；打從法蘭克還是襁褓中的嬰兒，吉伯特就這麼輕撫他。

「爸爸，你永遠都是我心目中的英雄。拜託，拜託，**我求你。別接這份工作。**」男孩抬起頭直視父親的雙眼。

男人不忍心看兒子這麼哀傷。

「這個嘛，如果你真的無法接受，那我就不幹了。」

「真的嗎？」法蘭克問他。

「真的。」爸爸回答。

男孩臉上漾起一抹微笑。「你發誓？」

「我發誓，」爸爸說。「我再另外想辦法還債。」

「爸，可以把我的充氣床賣了，」男孩提議。「睡地板我也沒關係。」

不知怎地，這番話竟讓爸爸更哀傷了。

「你是個好孩子，」男人淚光閃爍地答覆。「現在給爸爸一個愛的**抱抱**，然後上床睡覺。」

父子倆用雙臂圈住彼此。

「好，爸爸，那我去睡了。」

「乖孩子。」

語畢，爸爸便起身轉頭要走。兒子在身後呼喚他。

「爸？」

「怎麼啦？」

「無論發生什麼事，你永遠都是我心目中的英雄。」

男人陷入沉默，靜靜帶上身後的房門。

15 聖歌和乒乓球

鈴鈴鈴鈴鈴！門鈴響起。

隔天一大早，法蘭克半夢半醒，踉踉蹌蹌地穿過走廊。男孩望向家門的毛玻璃，認出那一閃而過的**白光**，是如狗項圈般高束的衣領，以及一大排的牙齒。是朱蒂絲牧師。如果只能用一個字形容她，那就是「**暴牙**」。

對付當地牧師的妙招是：打死都不要讓她進門。假如讓她進來了，不管她有多麼慈眉善目，你絕對不可能擺脫得了她。大多數時候，你會看到牧師挨家挨戶地敲門，她全副武裝，備妥要你貼在窗上的海報，宣傳二手雜貨拍賣、早晨慈善蛋糕或主日學。有的時候，她會手搖**鐵罐募銅板**，籌建急需更換的教堂屋頂。牧師每天都會把新的傳單塞進信箱。她運用天馬行空的想像力，想到愈來愈多千奇百怪的點子鼓勵人們上教堂。

聖歌和
乒乓球
之夜
快來一起打乒乓球，
同時吟誦你最愛的聖歌
禮拜五，熱烈歡迎
跟主
一同
搖滾
禮拜二上午 11 點到中午在
教堂大廳，一邊做禮拜，
一邊忘情投入最新的
搖滾樂曲。
饒舌夜
禮拜一晚上 7 點，素人即興表演。歡迎饒舌新秀拿起麥克風嘻哈，只要提到耶穌跟救世主，說唱什麼都可以。
團契
品酒會
禮拜三
晚上 7 點。

聖誕
化妝舞會，
溜冰迪斯可

換上你的溜冰鞋和聖誕裝，在教堂大廳疾速溜冰，同時歡慶耶穌寶寶的誕生。快來預定聖誕前夜、聖誕節或節禮日的活動吧。

禮拜四
晚上的
街舞大賽

比賽不分年齡，快來把你們那隊勁爆的舞技秀給我們親愛的主、人類的父。即興發揮很可以。

瘋狂高爾夫
讚美詩
大賽

一邊吟唱聖歌，一邊推球入洞。
每個禮拜二早上。
優勝者將獲頒一本免費讚美詩集。

酷炫
塗鴉！

每個禮拜六晚上，
歡迎到教堂牆上塗鴉！*

*前提一定要是白色的，因為教堂需要粉刷油漆。

朝你的牧師 扔垃圾

禮拜六下午我會在鎮上的廣場，銬上中世紀的刑枷，邀請各位鄉親父老前來朝我丟垃圾。前提是你要以奶奶的生命發誓，以後每個禮拜天都要上教堂。

鼓打貝斯 & 乳酪午後

隨著你最愛的鼓打貝斯旋律起舞，並且一邊吃乳酪，一邊學習邁向正義之路。禮拜二下午 3 點。

「小克克，很高興又見面啦。」法蘭克爲她打開大門，朱蒂絲牧師露出她燦爛的暴牙笑容。

「很抱歉，之前撞到妳了！」男孩回話。

「該道歉的是我，是我撞到你了。」

「對不起。」

「對不起。」

「對不起。」

「不好意思。我可以到裡面嗎？」牧師問道。她的表情宛如正在乞求骨頭的小狗。

「裡面？」男孩反問她。

「對，裡面。」

「妳是說……這裡面嗎？」

「對，那裡面。」

「妳是說我家嗎？」

「對。」

「現在？」

「對，如果方便的話。」

爸爸從他臥室呼喊。**「是誰按門鈴啊？」**

「牧師！」法蘭克回喊。

「不好了！」爸爸答覆。「你要想盡辦法，說什麼都別讓那個該死的女人進門！」

朱蒂絲牧師的臉色一沉，如今她看似一隻被主人遺棄在路邊的流浪狗。

法蘭克試圖擠出一抹支持的微笑。「爸，她現在就站在門口欸。」

「這樣啊，那你要想盡辦法，說什麼都別開門！」

「門已經開了。」

他們之間陷入片刻尷尬的沉默。

「我剛說的她都聽見了嗎？」

法蘭克凝視朱蒂絲牧師，在她的眼神中尋求證實。女士點了個頭。

「都聽見了。」男孩答覆。

16 茶包，沒「茶」有「包」

爸爸穿著汗衫和內褲，裝上木腿，單腳跳著穿過走廊。

「朱蒂絲牧師！」他興高采烈地宣布。「真是驚喜呀。看到妳太高興了！還杵在門口幹嘛？請進！**請進！**」

「謝謝、謝謝、謝謝。我喜歡到處繞、串串門子，盡可能多跟堂區的居民見面。」朱蒂絲牧師一邊說話，一邊跟這對父子走進廚房。

「牧師，要不要喝杯茶？」爸爸問道。

「好的，真不好意思。那就麻煩了。加牛奶還有兩塊糖。」

「兄弟，幫我們的貴賓泡杯茶，好吧？」

「好的，爸爸。」法蘭克回答。

在這個家泡茶不是件容易的事。**臉色嚴肅的男人**把茶壺拿走了，而且他們家又窮到沒錢買茶包或牛奶。

「那麼，牧師，在這個美麗的早晨，有什麼是我們能爲您效勞的？」爸爸問道。

「這個嘛，我相信不用我說你也知道，禮拜天是父親節，我計畫在教會辦些特別的活動……」

洗碗槽旁邊擱著一個用過的茶包，好**一而再、再而三**地回收再利用。如今它看來顏色很淡，因爲茶包裡早沒了茶葉，只剩一只空袋。

「……所以想問你跟你兒子有沒有興趣來教堂，爲大家公開表演什麼節目。」

法蘭克一邊聽，一邊將茶包放入那個有缺角又少了把手的馬克杯，再就著水龍頭注入熱水。

「『表演』是什麼意思？」爸爸問道；他的語氣流露一絲驚慌。他打從孩提時期就沒進過教堂，光是想到「教堂」這兩個字，他就**不寒而慄**。

「其實真的什麼都可以。念聖經、演奏教堂管風琴、來一首二重唱、跳一段現代舞、或者朗誦一首詩。」

法蘭克回瞄爸爸一眼，發現他的臉色如今變得跟法蘭克在泡的茶一樣慘白。

「這個嘛，我沒什麼創作天份欸，」爸爸回答。「我姑媽斐麗才是家族的詩人。」

「太棒了！」牧師驚呼。「你們可以讀她創作的詩呀。」

「什麼？」爸爸好像莫名其妙答應了他不願答應的事。

在此同時，法蘭克把多年前**濺**在牆上、現在已經乾掉的優格舀了一點起來，充當牛奶加入杯裡。至於糖呢，男孩逼不得已拿嚼了一半、卡在廚房地板一陣子的太妃糖臨時湊合。他把糖**撲通**一聲扔進去，但願微溫的水能使它溶解。

問題是溶解不了。

法蘭克有些惶恐不安地將那杯茶（如果眞能稱之爲茶）遞給牧師。朱蒂絲牧師俯視男孩創造的驚悚傑作。看起來很像怪物泡完的洗澡水。她

啜飲了一口。頓時撐大鼻孔、淚水**盈眶**，嚇得臉色發綠。她不知怎地設法將這口噁心的水**嚥**下肚。

法蘭克竊笑，這一幕他看得很過癮。「牧師，再來點茶吧？」

「唉呀，眞討厭，時候不早了！」朱蒂絲牧師宣布；她假裝看時間，但其實根本沒戴錶。「我得先走了，很抱歉沒辦法把這杯現泡好茶喝完。期待在禮拜天**晴朗**的早晨看到你們父子倆帶著詩來朗讀！」

爸爸點了個頭，試圖擠出怎麼也擠不出來的笑容。

等大門一關，爸爸便俯視史上泡得最噁心的一杯茶。

「兄弟，幹得好——靠那杯茶把她攆走了。」

「那禮拜天早上怎麼辦？」法蘭克問他。

「什麼怎麼辦？」

「你不是說要上教堂讀詩嗎？」

「我沒這麼說啊。」

「嗯，可是你沒說你不要上教堂讀詩啊。」

「是沒錯啦，可是……」

「沒有什麼『可是』，不能讓牧師失望啦。」

「爲什麼？」

「因爲、因爲、因爲……她人很好。」

「假如她人那麼好，你又爲什麼要在她茶裡下毒？」爸爸半開玩笑地說。

法蘭克在生爸爸的氣，自然不想笑。但還是忍俊不禁。

「哈！哈！」

看見兒子放聲大笑，爸爸喊道：**「被我猜到了吧！」**

「光是你那件沾便便的內褲就足以把她嚇跑了啦！」法蘭克說。

那件上個月才洗過的內褲被人說成「沾便便」，讓男人開心不起來。他坐直身子檢視內褲。

「你在說誰的內褲呀——？我的老天爺啊。」

「爸，聽我說。禮拜天我們一起上教堂嘛，就去這麼一次。畢竟是父親節嘛。你那天沒別的活動，對吧？」

「禮拜天早上。沒有，沒有，沒計畫。」

讀。」

「那我最好打給斐麗姑媽，請她創作一首特別的詩，讓我們在父親節朗

「好，我等不及了。」爸爸答覆的口吻像在暗示他巴不得等到**天荒地老**。

17

撲通一聲落水

家裡沒有電話。他們沒錢付電話費，所以早在多年前電話線就被剪掉了。爸爸窮到連買手機的錢都沒有，所以父子倆如果需要打電話，就得跑到公用電話亭。唯一的問題在於：家裡一個銅板都沒有。**幸好，法蘭克知道哪裡有銅板可拿。**

當地的公園有一口老井。人們拿它當許願井，扔銅板進去，希望可以美夢成眞。法蘭克和父親以前在那裡扔過好幾次銅板。**這些年來，男孩許過好多不同的願望。**小時候，他許願要生日禮物。其中多數是車子，模型車、發條車、踏板車、樂高車、遙控車。有次他還許願要一台眞人大小的車。那個願望是許過頭了。不過，自從發生那起意外，法蘭克就只會爲父親許願。

這些日子，法蘭克和爸爸有點把這口井當作銀行。許多年前，父子倆把硬幣扔下井（存款）；現在他們需要把部分的錢領出來（提款）。只是可惜沒人記錄帳本。話說回來，井裡的錢夠他們打通電話；如果法蘭克走運，說不定還有剩餘的幾枚銅板買**糖果**。

父子倆走進公園時，看到一個臉上寫滿問號的公園管理員正在打量籬笆上那個**勞斯萊斯大小的洞**。

「早安！」爸爸用他最雀躍的嗓音呼喊。

這對父子匆匆來到公園中央許願井所在的位置。首先，他們左顧右盼，確定沒人注意。那是

星期六的清早，鎮民正慢慢甦醒，所以沒什麼人出來溜達。接著爸爸拆下他的義肢，身子朝井口一歪，頭下腳上地垂入井中，用完好的那隻腳鉤著井邊。然後法蘭克把爸爸當作攀爬架，直接**爬**過他的身體，懸在爸爸手裡緊**抓**的那條木腿上。這樣一來，他們就能搆著井底了。

「兄弟，夠低了嗎？」爸爸往井底呼喚。他的聲音在**黑暗**中迴盪。

「爸，夠低了！」

男孩捲起衣袖，單手在井底撈呀撈。等確定撈到一把**大**硬幣後，他喊道：

「好了，爸。撈到了。拉我上去！」

「得用這個方式籌錢，是爸爸不好。」

「爸，我不在意。」

「兄弟，僅此一次，下不爲例。」

「什麼意思？」男孩問道。

但男人還來不及回答，這對父子檔就聽到一個聲音如雷貫耳地往井裡吼。

「你們在井裡搞什麼鬼!?」

撲

「啊！」

被這麼冷不防地一嚇，爸爸一時失手，跟男孩雙雙跌入冰冷的井水裡。

此頁反轉看

一溢

18

脫褲褲

「呵！呵！呵！」井口傳來笑聲。

井底的法蘭克和父親都**井水及膝**。爸爸不用抬頭就知道來者何人，那是他無論走到哪裡都認得的竊笑聲。他是當地的員警——**史考夫巡佐**。

「**喲喲喲**，你瞧瞧，是誰在井底呀？」

警察根本就是明知故問。多年來，他把爸爸整得慘兮兮。史考夫老跟他過不去，而且只是因為他失業，就把方圓百里那些無關緊要的罪名安在他頭上。

「**哦，保安官，您好。**」爸爸朝井口喊道。

「是**巡佐**！」員警喝道。官階對他來說非同小可。他不是這區最聰明能幹的警察，足足等了十年之久才從保安官升到巡佐，所以只要有人叫錯頭銜，他說什麼都不會善罷甘休。**「巡佐！史考夫巡佐！聽到了嗎？」**

「聽到了，巡佐。」爸爸回答。

「好多了。吉伯特·古迪！我早該猜到是你。遊手好閒的獨腿翁，無所事事的單腳漢，不務正業的矮冬瓜。跑來許願井偷硬幣了是吧？這下你想賴都賴不掉了！」

員警昂首挺胸，抹抹他煞費苦心梳到頭頂遮禿的頭髮。史考夫想在他逮捕嫌犯的光榮時刻看起來虎虎生風。宛如即將登台的演員一般，這個男人清了清喉嚨說。「你在上述的許願井竊取硬幣，本人特此將你逮捕歸案。」

「不可以！」爸爸說。**「你不能逮捕我！我根本沒偷錢啊！」**

「呵！呵！呵！」又是那個惱人的笑聲。

「這樣啊，那你們在井底幹嘛啊？說給我聽聽。」

爸爸望著兒子。他腦袋一片空白。

「我爸的義肢掉了。」法蘭克靈機一動，對著井口喊。

「有嗎？」爸爸小聲問。

「是的。眞的掉了。我們在公園**慢跑**，可是跑到一半爸爸的木腿就掉了。」

這番說詞員警絲毫不買帳。

「**呵！呵！呵！**所以他的木腿就這麼無緣無故掉了，然後就像變魔術一樣**飛**過空中，再不偏不倚地落進井裡，是嗎？故事也編得太假了吧！**呵！呵！呵！**」

照**史考夫巡佐**的講法，這個故事聽起來的確像是天方夜譚。

「當然不是這麼回事。」男孩反駁道。

「兄弟，你葫蘆裡到底賣的是什麼藥？」爸爸輕聲問他。

「有隻狗跑來，把木腿叼走了！肯定是把它當成樹枝了。」法蘭克繼續說：**「都是木頭做的嘛。然後小狗就把木腿扔進井裡。」**

「真有這麼回事？」員警高聲問道。

「千眞萬確，」爸爸附和。「我希望你找到狗主人，把他們跟那隻討人厭的狗給痛罵一頓。好了，**史考夫巡佐，你行行好嘛，救我們上去好不好？」**

員警疲憊地嘆了口氣，把手伸到井裡。

法蘭克爬到父親的肩上，**史考夫巡佐**再把男孩拽上來。如果想把爸爸和他的義肢給救出來，難度可要高得多。不過，男孩心生妙計。

「**史考夫巡佐**先生？」法蘭克說。

「小朋友，怎麼啦？」

「你的褲子借我們一下當繩索好嗎？」

「我的褲子？」員警咆哮道。

「是的，先生。你就發發慈悲，把褲子脫掉，讓我把它垂下去嘛。」

「可是這樣公園裡的人不都會看到我的小褲褲了！」員警吼著說。**這實在太扯了！**

「先生，他們看到的話，一定會把你視爲英雄，將墜井奄奄一息的獨腿男給救出來！」

「你說不定還會升官呢！」爸爸一面朝井口嚷叫，一面將硬幣塞滿口袋。

員警思忖片刻。他凝視遠方，臉上寫滿了驕傲。「你可以向我保證嗎？」

史考夫巡佐問他。

「可以。」男孩答覆。

「你保證會向大家宣揚我的英勇事蹟，一個人都不放過？在鎮上發起連署，要求頒發勇者獎章給我，然後遞交總警司？」

「鎮民一定踴躍到把連署箱塞爆！」男孩說。

男人二話不說，馬上解開鈕扣脫褲子。

「先生，您別擔心！」員警高聲吶喊，希望公園裡的人能聽見這番話。**「本人史考夫巡佐，將不惜脫掉自己的褲子救你一命！」**

他和法蘭克同心協力將長褲垂進井裡，把男人給拖上來。

「在下，一個沒沒無聞的巡佐，救了原本必死無疑的獨腿男！」員警宣布。

「謝謝。」爸爸一邊道謝，一邊斜眼對兒子微笑，因爲兒子說服了那個整他毫不手軟的男人出手相助。

父子倆衣服溼答答地坐在井邊；爸爸開始裝回木腿。

史考夫巡佐宛如偵探大師端詳那條假腿。「嗯，我什麼咬痕都沒看見啊。」

「對，」法蘭克靈機一動，這樣答覆。**「那隻狗沒有牙。」**

「一隻沒有牙的狗？」男人不可置信地問。

「這樣你追查那隻動物應該容易多啦，」爸爸補充道。「你也不希望鎮上發生更多小狗叼著義肢逃走的意外吧，說不定還會形成犯罪狂潮呢。」

「說得是，」員警答覆。「我們可不希望發生更多犬類盜竊義肢的案件。」他語帶反諷地說。

「你不介意的話，我們跟糖果店有個重要約會，」爸爸說。「兄弟，走吧。」男人將手臂搭在兒子肩上，帶著他離開。

才走了幾步路，員警就在他們身後呼喚：「吉伯特．古迪，我會盯緊你的！」

爸爸沒有放慢腳步，只是朝背後回了這麼一句話。「保安官，多謝告知。」

「是巡佐！」只穿著一條內褲，站在公園中央的員警大聲嘶吼。

這對父子互換一個詭祕的微笑，一同走出公園大門。法蘭克注意到爸爸的口袋除了有叮噹作響的銅板，套頭衫底下也塞得鼓鼓的。

「那是什麼？」男孩問道。

男人掀開套頭衫給男孩看。「**史考夫巡佐**的褲子！」

「爸！」法蘭克放聲大笑。

「我知道，我很壞，**壞透了**！打電話給斐麗姑媽吧。」

「還要買糖果！」

19

警告

「斐麗怎麼說？」爸爸問道。他守在鎮中心的電話亭外，等兒子打電話。

「你覺得咧？」法蘭克翻了個白眼反問他。

「她答應了？」

「當然囉！替教會寫詩！對她來說簡直是美夢成真。還有，你看，」男孩攤開掌心說。「我們還有多的銅板可以買糖果。」

「你先去吧，我等等去店裡找你。」男人說。

糖果店就在大街上，走幾步就到了。

爸爸看起來心神不寧，一副魂不守舍的樣子。

「爸，你沒事吧？」

「兄弟，我沒事。待會兒糖果店見。」

語畢，男人便轉身，一瘸一拐地離開。

「爸，你要去哪裡？」男孩在他身後呼喊。

「我哪裡都不去！」

「怎麼可能哪裡都不去，你一定是要去什麼地方……」

法蘭克來不及把話講完，他的父親就消失在轉角。男孩搖搖頭。太奇怪了。儘管如此，身上仍**滴著井水**的他還是晃進店裡。

叮噹！

法蘭克走進拉吉的店鋪，繫在門上的搖鈴叮噹作響。拉吉本身超愛吃軟糖，店裡的糖果被他吃掉的八成比賣掉的多。

「啊！我最喜歡但身體微溼的顧客上門了！歡迎光臨！」拉吉說。令法蘭克吃驚的是，老闆正跪著撿地上的糖果，再一一擺回陳列架。

法蘭克環顧店內。雖然店鋪本來就亂糟糟的，可是今天比平常更亂。事實上，看起來像被**炸彈**炸過。雜誌散落一地，原子筆和鉛筆被折成兩半。冷凍櫃也被翻倒了，融化的冰淇淋從裡面流出來，形成五顏六色的牛奶坑。

「拉吉，你的店怎麼了？」男孩問他。

「哦，沒什麼！」男人急忙粉飾太平。「一點事都沒有。少爺，你的小腦袋瓜就別操心了。」

拉吉繼續忙不迭地收東西，努力把貨品擺回差不多正確的位置。忙亂中一大罐糖果從架上打翻，直接砸中他的腦袋。

塑膠罐裂開了，他的身上撒滿雪白的糖粉。可憐的拉吉絕望地頹倒在地。

法蘭克坐在他身旁，伸出胳臂摟著報攤老闆。「拉吉，跟我說嘛。這裡到底怎麼了？」

「那兩個男的。一個**身材魁武，肥肉又多**；一個又高又瘦。只要在地方上開店的和做生意的，都是他們上門要錢的對象。不給錢的話，他們就把店裡砸得稀巴爛。我付了一百英鎊，可是他們說下次還要更多。可不是一百英鎊就能打發的了。還說這次只是小小的警告，**下次會換成把我給砸爛！**」

「我想我知道他們是誰了，芬格和桑姆。」

「對，就是他們！」

「怎麼不報警呢？」

拉吉哀怨地搖搖頭。「那些男人說要是我敢對外張揚，就要傷害我的家人。我實在不知該怎麼辦！」

「我先幫你把店裡收拾乾淨吧。」

他倆一同盡力把店鋪恢復部分原貌。幾份報紙被掃到地上，法蘭克瞄了一眼其中的頭版。頭條是這麼寫的：

「不曉得他們跟這件事有沒有關係！」拉吉說。

男孩聳聳肩。「天曉得呢？一定有辦法阻止他們的！」

「那個人會是一夫當關的勇者。那群人**壞到骨子裡了**，多年來一直恐嚇欺壓像我這種可憐的店家。光想到他們可能幹出什麼傷天害理的事，我就不寒而慄了。」

最後，兩人設法將冷凍櫃立直。法蘭克看著拉吉用捲起的報紙舀起融化的冰淇淋。

「少爺，要不要來點奶昔？五便士就好？」

20

七便士

「拉吉，謝了，不用。」法蘭克答覆。

「隨你便。」拉吉自己將「奶昔」一飲而盡。「嗯，有點砂砂的。」他沉思道。

男孩注視他從井裡撈起的一大堆硬幣。「拉吉？七便士能買什麼？」報攤老闆愁雲慘霧的心情頓時撥雲見日，眉開眼笑。

「七便士！我一直夢想著哪天有顧客上門要狂撒七便士在店裡血拼耶！我要發財啦！」接著，拉吉**仰望**天空。「感謝天！原來世上眞的有神！慢慢選，慢慢逛。**我的整間店都是你的王國……**」

雖然法蘭克是三級貧戶，拉吉還是待他如**王子**。

「拉吉，謝謝。嗯……」男孩仔細思量。「先來二個**香蕉軟糖**好了。」

「少爺，選得好！超健康的選擇！**每日五蔬果嘛**。」拉吉眺望窗外。「你爸來了，古迪先生！」

法蘭克抬起頭，看見他的父親正拎著一個汽油桶匆匆走過大街。

「他不進來嗎？」拉吉問道。

「不曉得欸，他今天不太對勁。」男孩邊說邊目送他離開。

報攤老闆的臉閃過一絲驚恐的神情。「我承認上星期給你的軟糖已經過期兩年了，但目前只有三個人送醫治療。」

「不是那個啦。」法蘭克回答。

「他走路的樣子怪怪的，我還以爲他跟其他人一樣**屁股開花**咧。」

「不是啦，他走路的樣子怪怪的，是因爲他只有一條腿。」

「因為吃了我的軟糖，腿才斷掉的嗎？」拉吉仰望天空，雙手合十禱告。

「主啊，求祢赦免我的靈魂！我不是個壞人。我只是把最佳賞味期限當參考，然後四捨五入調整到最接近的十年後！」

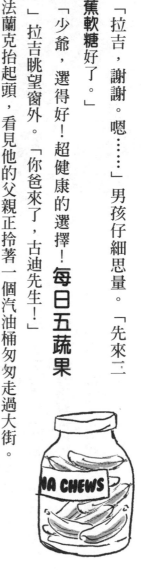

法蘭克微笑著搖頭。他很喜歡拉吉，拉吉就像他的伯父，一個瘋瘋顛顛的老伯父。

「**拉吉，不是啦**。我爸前幾年出了一場很嚴重的車禍，記得嗎？」

「哦，對對對，當然囉。我記得。謝天謝地，」拉吉答覆。「呃，我沒有惡意啦。我只是鬆一口氣，好險不是我的軟糖害他截肢。」

「做家長的爲什麼總是有事要隱瞞小孩？」法蘭克問他。

報攤老闆倚著櫃台陷入沉思。爲了加倍營造他知識淵博的思想家形象，他從陳列架取下一個玩具煙斗，然後塞進嘴裡。只不過，當煙斗裡飄出來的不是煙，而是肥皂**泡泡**，他那福爾摩斯的形象也瞬間粉碎。

「父母應該是想保護小孩吧。知道大人的事，你們的小腦袋瓜會很煩惱。」

「**我已經長大啦！**」男孩踮起腳尖抗議。

「你幾歲？」拉吉問他。

「快十二歲了。」

「所以是十一歲。」

「對。」

拉吉搖搖頭，從煙斗裡吹出一個**巨大**又晶瑩的**泡泡**。

兩人相視微笑，不過靜謐時光卻被外頭大街震耳欲聾的聲音打斷。

轟隆隆！

男孩無論到哪兒都認得那個聲音。

是女王號！

21

嘔吐物

爸爸將他的加壓迷你車取名爲「女王號」，因爲他把她當人，而非一台機器。女王是個老太太，已經離開生產線五十多年了。如果要勞駕她，就得連哄帶騙。男人會對她說話。發動引擎的時候，他會說：「好了，女王，該起床囉。」車快沒油的時候，他會說：「女王寶貝，我請妳喝杯飲料。」他要洗車的時候，會說：「大姐，擦澡的時間到囉。」爸爸把車當家人一般寵愛。這句話一點不假，爸爸斷腿之後，住在醫院的他不怎麼在意自己殘缺不全，反倒更擔心車子撞成破銅爛鐵。

那場車禍之後，女王果真四分五裂。分裂瓦解。支離破碎。

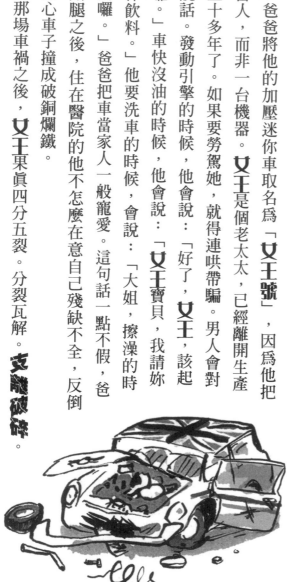

如果爸爸把她當作**廢鐵**拿去賣，或許能賺到好幾英鎊應急，可是他太愛這位「大姐」了，所以**女王號**剩餘的破銅爛鐵只是擱在工業區遙遠的汽車修理廠，放任她生鏽爛掉。

法蘭克喜愛**女王號**的程度不亞於父親。這輛車有著獨一無二的觸感、氣味和聲音。男孩原以爲這個聲音他再也聽不見了。

轟隆！

「**女王**？」男孩一邊說，一邊環顧四周，尋找她的蹤影。

「女王陛下親臨小鎮!?」拉吉問道。「她一定是得知我家的**跳跳糖**在特價。」

「**不是啦**！『**女王**』是我爸老賽車的名字！」

拉吉點點頭。「我就說嘛。聽起來就像是她！」

「一點也沒錯！」

叮噹！

男孩**衝出**店鋪，跑上大街。

在馬路**疾馳**的果真是台迷你車。但它開的速度太**快**，法蘭克看不到誰是駕駛。

從聲音聽起來，它千眞萬確是**女王號**；可是顏色不同，不可能是她。**女王號**飾以英國國旗，一英哩遠都能看見。可是這台迷你車沒被漆成紅、白、藍三色，反倒上了層鮮黃色。如果爸爸死在顏色跟嘔吐物一樣的車裡，也不會被人發現。

拉吉衝出店鋪。

「是她嗎？」報攤老闆問他。

「不是。不可能是她，」男孩氣餒地說。「顏色不對。況且，**女王號**正在某個修車廠生鏽。」

「她是台很特別的車。」

「我超喜歡她的。」

「我們大家都是。」報攤老闆將一隻手搭在男孩肩上。「別傷心了，凡事要往好處想。」

「好處是什麼？」男孩一邊問，一邊抬頭望著男人。

「你還有整整**四便士**可以在我店裡消費！」

二十分鐘後，法蘭克還有萬能的一便士可以花。買**糖果**對他來說是難得的奢侈，當然買愈久愈開心。

「嗯，拉吉，我該選什麼好呢？**粉紅蝦**嗎？」

「是今天剛捕的唷。」

「**還是飛碟呢？**」

「它們嚐起來的確舉世無雙。」

叮噹！

「**爸！**」看見父親走進店裡，法蘭克驚呼一聲。

「兄弟，買完了嗎？」

「還沒。」法蘭克回答。

「還有整整一便士要花。」拉吉補充道。

爸爸高視闊步地走向那些銅板軟糖，挑了離他最近的、可樂造型的軟糖，放進兒子的包裡。

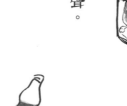

「我不喜歡這種的啦。」法蘭克發牢騷。

「拜託，別頂嘴。我們得走了。」爸爸斥責。「拉吉，謝了！」

「對了，古迪先生，我們敢拍胸脯保證，剛才聽到**女王號**在這條街上呼嘯而過。」報攤老闆喊道。

爸爸的神情**很不自在**。「是嗎？那一定是你們聽錯了。」

22 信任

從拉吉的店舖返回公寓的路程很短。等大門一關，爸爸好像急得不得了，非要把兒子**趕**上床。他打開最後一罐豆子，一邊吃一邊緊盯法蘭克。後來，男孩的「洗香香」時間到了；但實際上只是在油桶裡浸一下，而且油桶裝滿的水比男孩的身體還**髒**。法蘭克身上濛著**灰撲撲**的水出來了。他拿一條髒兮兮的茶巾把身體擦乾。上床時間最令人期待的莫過於說故事。家裡買不起書，但爸爸會編故事給兒子聽。由於男人熱衷汽車，故事總是不乏引擎的呼嘯聲、**輪胎燒焦**的味道，和里程計指向紅色、警告危險。

「很抱歉，兄弟。今晚不說故事了，你的上床時間早就過了。」
「爸，現在時間早得很。」
「你累了。」
「我明明清醒得不得了！」
「你早過了聽床邊故事的年紀了。」
「我才十一歲欸！」
「都快十二歲啦。」
「但還是算十一歲。爸，別這樣嘛。你跟我吵架的時間都能拿來說故事給我聽了。」
男人嘆了口氣。「從前從前，有台碰碰車名叫**『暴力狂』**，暴力狂會把其他車子統統撞出去，最後在車道上屹立不搖的只剩它一輛。**沒了。**」
法蘭克目不轉睛地盯著爸爸。**「就這樣？」**
「什麼叫『就這樣』？」
「這根本不是故事嘛！」
「明明就是。」

「明明就不是。」

「爲什麼不是？」

「未免太短了吧！從前從前，沒了。這算哪門子的故事？爛透了！」

被兒子這樣不留情面地頂撞，爸爸臉色很難看。「對！馬上給我上床！」

「不要！」

「一定要！」

爸爸將雙手搭在兒子的肩膀，開車似地將他轉向，領到臥室。

「換睡衣上床，我是說上『充氣床』。總之，你懂我在說什麼。現在我要你當個好孩子，乖乖上床睡覺。」

法蘭克望向窗簾。與其說是窗簾，倒不如說是黏在窗戶的幾片硬紙板。紙板的邊緣透進明亮的陽光。時間肯定還早。

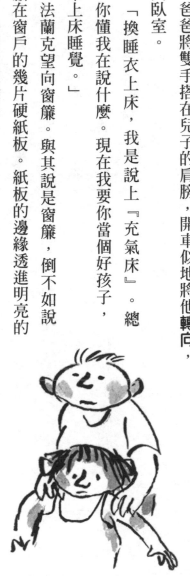

「爸，幾點了？」

「不知道。」爸爸撒謊道。

法蘭克覺得事有蹊蹺，因爲爸爸明明整晚都在看錶。

「爸，那你看一下手錶啊。」

「對吼，」爸爸答覆。他研究了錶盤一下，「現在是上床時間。」

「哪有這種事？」

「斐麗姑媽馬上就來了，你趕快給我睡覺。」

「她來幹嘛？」法蘭克質問。

「因爲我要出門。」

「去哪兒？」

「我今晚要去看碰碰車大賽。」

「我也去，好不好？」

「不好。比賽會拖到很晚。拜託，兄弟，算我求你了。睡覺就對了。」

叩叩叩！

「斐麗姑媽來了。如果你不想讓她念詩給你聽，我建議你現在就睡覺。好啦，兄弟，給老爸一個**抱抱**。」

爸爸單膝下跪，父子倆相互擁抱。

「爸？」

「怎麼啦？」

「我很害怕。」

「怕什麼？」

「不知道。總之事情不太對勁。」

叩叩叩！

「來了！兄弟，明天一早，一切就會風平浪靜。」接著，男人便輕吻一下兒子的額頭。「相信我。」

語畢他便起身離去，將房門帶上。

只是，今晚法蘭克不相信爸爸。**一點都不信**。

23 購物車

男孩一動也不動地躺在洩了氣的充氣床，聽爸爸和斐麗姑媽在客廳講話。過了幾分鐘，法蘭克的臥室房門微微開啓，爸爸往門裡望。男孩如同童話劇的主角，緊閉著雙眼。

「兄弟，對不起，」爸爸輕聲說：「但是我別無選擇。我非得這麼做不可，這是爲了我們兩個。」

法蘭克其中一隻眼睜開一條**細縫**。眼前的景象法蘭克原以爲這輩子再也不會見到了：他的父親穿上他的舊賽車服。那是件紅、白、藍相間的連身服，自從車禍後他就沒再穿過。如今這件賽車服變得皺巴巴、**髒兮兮**，而且**緊緊服貼**，因爲他的肚子已

經擴張不少領土了。法蘭克知道父親肯定要做什麼不光彩的事。至於是什麼事，

他非得搞個清楚。

接著男孩聽到大門打開的聲音。

哐啷！

男孩一聽到大門關上……

哐啷！

……他馬上從充氣床一躍而起，做了另一個假人當他的替代品，以免斐麗姑媽把頭探進來時發現。他急急忙忙穿上拖鞋，連左右腳都不分了。可以聽見客廳裡的斐麗姑媽正在創作另一首詩。

「望著你總讓我神魂顛倒，

你的雙眸、你的腳趾頭、還有你的小屁股——

「不對……應該是小屁屁！這真是曠世傑作！」

今晚沒時間等這位女士蹲馬桶了。法蘭克拿定主意，他必須聲東擊西。他爬進廚房，打開水龍頭。

嘩啦啦！

然後，等斐麗姑媽步履**沉重**地走進廚房，他又趕緊躲到門後。

「眞邪門，」女士一面嘀咕，一面走向水槽準備關掉水龍頭。「希望這裡沒有鬧鬼，想到鬼我就毛骨悚然！」

法蘭克逮住機會。他用**衝**的繞過廚房的門，再狂**奔**穿過走廊，趁著水龍頭的水依舊**嘩啦啦**地湧現，連忙打開大門。

哐啷！

男孩關上身後的門，凝視走道。從九十九樓眺望，他的父親如今成了一個**小點點**，在底下的停車場移動。法蘭克跳進洗衣籃，一路滑下樓梯。

砰！砰！砰！

他才剛抵達樓梯底部，就看見爸爸一瘸一跛地走向一輛勞斯萊斯。上次那輛是白色的，這輛則是銀色的。會是同一輛車嗎？車子沒熄火，那一夜出現的三個男人坐在車上。這回芬格坐在駕駛座，矮小的大人物坐他旁邊。腦滿腸肥的他害得整輛車往一邊傾斜。

「你遲到了！」大人物咆哮。

「老闆，對不起。」爸爸回答。

「上車！你最好照我們說的做，否則你就完蛋了。」

爸爸爬上車，勞斯萊斯呼嘯駛離。

轟轟轟姆姆！

法蘭克感覺像有人朝他肚子狠狠揮了一拳。爸爸居然騙他。他跟這些豺狼虎豹出去肯定沒好事。男孩得在事情鬧到一發不可收拾前阻止父親，可是有個**問題**要解決。他用兩條腿要怎麼追上汽車啊？況且，他跑起步來也不是快如閃電。法蘭克發現有台被人丟棄的購物車翻倒在草地上。男孩將它扶正，把它當成平底雪橇，跟在旁邊跑了一陣子，然後一躍而上。

咻咻咻咻！

大概是奇蹟發生，這輛購物車是世上唯一一台輪子不會亂晃的購物車。它在馬路上疾馳，經過一個開小型家庭房車、軋軋前進的老太太。法蘭克見機不可失，立刻抓住汽車的一側。他**颼地**一聲在馬路奔

馳，如今勞斯萊斯和他之間只隔幾台車了。

紅燈了，大家全都放緩車速，停了下來。法蘭克從小型家庭房車往前推進，好追上那輛勞斯萊斯。爲了掩人耳目，法蘭克低著頭。**綠燈**的那一剎那，他剛好抓住勞斯萊斯後車箱的把手。汽車一溜煙地開走，法蘭克也咻地一聲離開。

轟轟轟姆姆！

夜幕漸漸低垂，幾分鐘後，勞斯萊斯便拐進一個工業區。馬路坑坑窪窪的，顛得購物車上的男孩忽**上**忽**下**。

磕隆！

磕隆！

磕隆！

法蘭克一察覺勞斯萊斯放慢車速、準備停車，他便鬆開車子。購物車沒有煞車系統，所以疾速滾開。前輪撞上人行道，整台車翻了一個筋斗。

咻～！

法蘭克在樹籬緊急迫降。

咚！

「哎喲！」

男孩被困在上下顛倒的購物車裡。他把購物車頂開，將睡衣從灌木叢上拔開，躲在被燒焦的漢堡餐車後方。法蘭克注視四個男人，只見他們走出勞斯萊斯，東張西望。那是星期六的晚上，工業區空無一人。

破舊又生鏽的修車廠嘎吱嘎吱地開了門，三個男人隱身其中。

轟隆！

那個充滿魔法的聲音又出現了。

一輛黃色迷你車**咻地**一聲衝出來，停在大人物面前，只離他半公分。

「不錯嘛，吉伯特，」大人物咆哮著說。「這堆破銅爛鐵就是你的亡命飛車？」

「大人物，相信我，」爸爸答覆。「她的名字叫**女王號**，是我親自重建的。世上最厲害的賽車非她莫屬！」

24

深海怪物

法蘭克不敢相信父親居然背著他，偷偷將**女王號**重新組裝。瞞了**更多祕密**，也說了**更多謊**。男孩猜黃色那層漆大概是用來掩飾她的眞實身分。**女王號**舉世無雙、獨一無二。要是把漆了英國國旗的迷你車開上路，肯定會被警方鎖定。

沒過多久，兩名黨羽便走出修車廠。兩人手持鐵棒，頭上套著的東西貌似女性絲襪。芬格和桑姆雖然都稱不上帥哥，但臉被絲襪套得歪七扭八，看起來活像**深海怪物**。

法蘭克心急如焚，非得跟父親單獨說上話不可。說什麼都要勸他別做傻事。首先，他必須聲東擊西。法蘭克的腳邊有個壓扁了的飲料罐。男孩把它高高扔向空中，以爲它會落在大人物的腳旁。沒想到他錯估距離，罐子直接砸中大人物的腦袋。

鏘！

「哎呀！」犯罪頭目尖叫。「我們被突襲了！」

這個聲東擊西比法蘭克預想的還要**轟動**。

芬格和桑姆立刻宛如進入格鬥模式，揮舞著鐵棒亂**衝**。舉目所及的一切，都被他們**又劈又砍**——灌木叢、垃圾筒、甚至燒焦的漢堡餐車，要把傷害他們至高無上首領的元兇給逼現身。

法蘭克**趴**在地上，急匆匆地亂**爬**。他在混亂中設法碎步跑到迷你車的後面，然後**爬**進後車廂。男孩**擠**進狹小的空間，再把門關上。

咔嚓！

接著，他屏氣凝神、不動聲色，仔細聽外面的動靜。

「報告老闆，沒找到人。」芬格先開口。

「我們到處都搜了。」桑姆補充道。

「他們一定還躲在這裡！」大人物怒吼。

「可能只是老鼠。」桑姆猜測。

「老鼠會拿飲料罐扔我？」大人物大聲嚷叫。

「老闆，說不定是隻大老鼠啊？可能是超級老鼠？」桑姆提出見解。

「直接砸中我的腦袋，你這個笨蛋！」

「那隻老鼠也許騎在鴿子的背上嘛！」

「給我滾！」大人物吼道。**「把寶貝給我帶回來，不然你們就完蛋了。」**

「老闆，小的這就去辦。」芬格答覆。

迷你車的門開了又關，兩名跟班上車時，法蘭克可以感覺車子沉了一下。

轟隆隆！

汽車引擎**加速**，後輪發出尖嘯。接著她突然以**疾速**往前衝。法蘭克旋即撞上後車廂的門……

「哎呀！」

……**女王號**飛車竄入黑夜。

25

轟！

轟隆隆！

女王號在馬路上橫衝直撞，後車廂的法蘭克像是一袋馬鈴薯被摔來摔去。

最後，小車終於煞車停住。

嘎吱吱吱！

奇蹟似地，男孩居然還活著；但這裡是哪裡，他完全沒有概念。他只知道他爸爸開著一輛亡命飛車，但他們要亡命到哪個天涯依舊是不解之謎。男孩把耳朵貼著後車廂的門，仔細聆聽。

一開始，車門開了。

咔嗒！

然後是腳步聲。

轟！

轟

轟

啪嗒！啪嗒！啪嗒！

沒過多久便傳來了爆炸聲。

接著警報響起。

鈴鈴鈴鈴！

然後他聽見芬格在咆哮。**「動作快！**

再過五分鐘，警察就會趕來了。」

男孩按捺不住了，他非得一看究竟。

他把後車廂的門強行扳開一點……

咔嚓。

……往外望。

爆炸過後，濃煙密佈；但等黑煙散去，法蘭克可認出招牌上寫著**「銀行」**

兩個大字。

雖然男孩年僅十一歲（將近十二歲），但他知道自己身陷一起眞實的銀行搶案。他突然感到害怕，不只爲他自己，也爲他的父親。萬一警察抓到他爸，他就要被關在監獄好久好久。法蘭克躍出後車廂，沿著車身在路上**爬**。他把頭**探**向駕駛座的車窗。

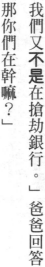

「**啊！**」爸爸一見是兒子，嚇得大叫一聲。他搖下車窗。「你來這裡幹嘛？」男人質問。

「**你又來這裡幹嘛？**」男孩反問他。

「**是我先問的！**」爸爸兇他。

「人家擔心你嘛，然後就爬進後車廂。我不希望你幹傻事。」

「還有比爬進後車廂更傻的事嗎？」

「搶劫銀行算吧？」男孩說。

「我們又**不是**在搶劫銀行。」爸爸回答。

「那你們在幹嘛？」

「芬格和桑姆只是來查他們的儲蓄帳戶。」

「那有必要把門炸開嗎？」

「現在是星期六晚上嘛，他們沒想到銀行關門了。」

法蘭克翻了個白眼。「爸，聽我說，我雖然是個小孩，但我沒那麼笨。你們在幹什麼偷雞摸狗的事，我再清楚不過了。現在快載我離開這裡，**動作快！**」

「不行。」爸爸答覆。

「爲什麼？」

「法蘭克，他們是窮凶惡極的**大壞蛋**。什麼傷天害理的事，他們都幹得出來。**他們會找我下手，也會找你下手。**」

「那就把車一直開呀開，**永遠不要停下來！**」

「會被他們找到的！」

就在這個時候，芬格和桑姆抱著一個褐色的手提箱跑出銀行。手提箱沒關好，後面拖著盡是鈔票。五十英鎊的紙鈔好似蝴蝶在空中**振翅飛舞**。

「快開車！」桑姆吼道。

看見有個小孩站在車旁，芬格不禁吼道：**「這個小鬼到底在這裡幹嘛？」**

「我不認識他，」爸爸說。「**嘿，小鬼，閃到一邊去！**」

芬格望著男孩。「他長得跟你好像。」

「算他倒霉。」爸爸接話。

「他根本就是你兒子嘛！」

爸爸又看了法蘭克一眼。「對耶，眞是我兒子。」

「那他來這兒幹嘛？」桑姆質問。

「我以爲今天是『帶孩子上班日』。」爸爸回答，顯然這個玩笑能緩和他們的緊繃局勢。可惜事與願違，這兩名受雇的暴徒驚天一瞪，銳利的目光簡直要**逼死**他了。

喔咿！喔咿！喔咿！

警車開過馬路，向他們疾速駛來，沒時間多作解釋了。

「是條子，」芬格吶喊。「快閃！」

芬格和桑姆從乘客座鑽進迷你車。

「兄弟！上車！」爸爸一邊吼一邊加速引擎。

「怎麼上車？」男孩懇求道。

「用跳的！」

疾駛的警車**愈加逼近**了。

喔咿！喔咿！喔咿！

爸爸持續使引擎高速轉動。

轟隆隆！

後座兩名壯漢開始叫嚷了。

「不要管那個笨蛋了！」

「討人厭的小魯蛇！」

「兄弟！快跳上車啊！」爸爸懇求他。

聽到這裡，男孩迎頭躍進車內。引擎隆隆運轉，**女王號**風馳電掣地開上街，但法蘭克的屁股還卡在車窗外。

26

熱力追緝

絕對不要把屁股伸到車窗外。

無論什麼理由，如果你非得把屁股伸到車窗外，請注意保暖，不要單穿一條睡褲。這是因爲你將染上名叫**「屁屁凍僵」**的疾病，而陷入九死一生的險境。這表示一個人的屁屁溫度降到一個危險的程度，屁屁都冷到發紫了。就我們所知，凍僵的屁屁在最嚴重的案例中會**龜裂**，甚至**斷掉**。

好幾種原因可能導致**屁屁凍僵**……

在愛斯基摩人的冰屋上

大號……

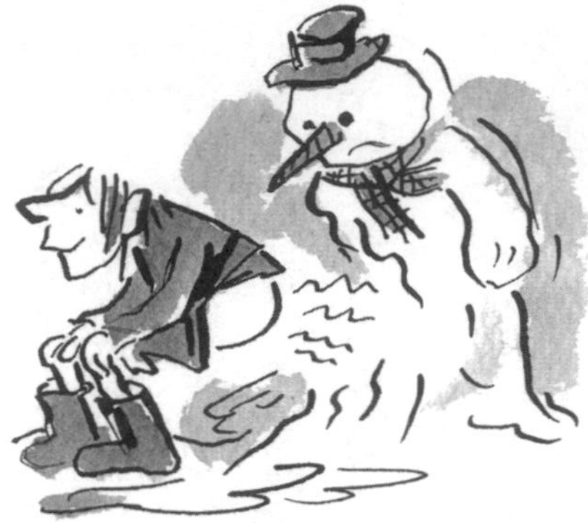

把屁屁伸進冰箱……

只用光屁屁的溫度，想辦法融化雪人……

拿自己的屁屁當餌，到北極誘捕北極熊……

用自己的光屁屁當平底雪橇……

不小心坐在冰柱……
（如果冰柱很尖，坐到
也會很痛。）

低溫冷凍屁屁，讓它
保存好幾個世代……

錯把冰山當作舒適
的沙發……

被壓在一台失控的
冰淇淋機底下……

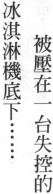

女王號在鎮上狂**飆**，警車在後面窮追不捨，法蘭克的屁股則冷得要命。爸爸把兒子拉進車裡，男孩**蹭**過父親的大腿，再**爬**到後座，坐到桑姆旁邊。

壯如金剛的男人目不轉睛地盯著小男孩。

「晚安。」法蘭克問聲好，不曉得該跟這個壯漢說什麼。

「**安你個頭**。」大塊頭答話。

桑姆從後窗向外望。

警車原本只有一輛，如今變成三輛，而且逐漸逼近。

喔咿！喔咿！喔咿！

「把這個小鬼扔出去，」桑姆下令。「都是他拖累我們。」

「平心而論，你應該比我重上那麼**一**點吧。」男孩說。

這番話的用意本來是舒緩一下情緒，沒想到引發嚴重的反效果。

「你是說我胖囉？」桑姆咆哮。

「沒啊，可是你的確比我重嘛。」

「不要在後座鬥嘴了啦。」芬格發號施令。

「是他先開始的！」桑姆回嘴。「他因爲我塊頭大就找我碴。」

「閉嘴，抓緊了！」爸爸說話的同時，他們***飛車***拐過轉角。

如今他們已抵達小鎮的郊區。

「你要把車開到哪裡啦？」芬格質問他。「這不是回老闆家的路。」

「我知道，但是我要抄捷徑。」

爸爸突然猛轉方向盤，把車開上**陡峭**的階梯。

「你要帶我們去哪裡？」芬格狂吼，用長長的手指抓緊座椅。

「快把他們甩開了。」

爸爸說。

女王號撞倒柵欄，他們在轉瞬間竟衝進足球場了，但三輛警車還是死纏爛打。

喔咿！喔咿！喔咿！

迷你車在球場正中央停了下來。

三輛警車呈**扇形**散開，也停住了。

其中一輛警車上的擴音器傳來聲音。

「快投降吧，你們已經被包圍了。」

「這裡是史考夫巡佐。」

「他一定是來討褲子的，」法蘭克說。

「有沒有人想踢足球呀？」爸爸高聲問道。

27

射門得分

「好耶，爸爸！」法蘭克回答。

轟隆隆！

女王號繼續往階梯上衝，來到觀眾坐的看台。

磅！

磅！

磅！

其中一台警車追上來了。

磅！

磅！

磅！

「換位子！」爸爸對桑姆大喊。

大人物的嘍囉聽話照辦，到法蘭克的座位那頭。

接著，爸爸猛轉方向盤，讓迷你車只靠兩個輪胎行駛。她剛好能穿過成排座位間的通道。這個虎背熊腰的男人快要把法蘭克給壓**扁**了，不過現在似乎不是抱怨的好時機。緊追不捨的那輛警車也如乘風破浪般上了階梯。

喔咿！喔咿！喔咿！

啪！啪！啪！

座位**飛**到半空，**砸**中警車的擋風玻璃。駕駛肯定分不清東西南北了，因爲警車直接撞上巨大的電視螢幕。

警車就像3D劇場的電影，**卡**在大螢幕上。

「解決一個，還剩兩個。」爸爸說。

他猛轉方向盤，**女王號**再度只以雙輪挺進，**顛簸**地下階梯……

……進足球場。

剩下的兩輛警車正在彼端待命。它們以披荊斬棘之姿，風馳電掣的速度衝向迷你車。

迷你車也不甘示弱**地衝向前**。

兩方人馬在足球場上面對面驅車而行。

這是保證毀滅的膽小鬼博弈。

誰會先被撞毀？

「啊！」芬格尖叫。警車迎面而來，他嚇得閉上眼。

「快踩煞車！」桑姆哭號道。法蘭克望向這個彪形大漢，驚覺他快要飆淚了。

假如沒人**踩**煞車，這三輛車肯定會迎頭對撞。

爸爸依舊淡定沉著。

畢竟他曾是碰碰車的冠軍賽車手。直到看見警察駕駛的眼白，他才使勁一**拉**手煞車，讓車子**瘋狂**旋轉。

「不要啊！」

芬格和桑姆哭喊著說。

兩台警車緊急轉向。一台轉得太急，整台翻車、車頂著地，在足球場上**打滑**。

爸爸熟練地把迷你車穩住，再將那台頭下腳上的警車推進球網。

「射門得分！」

法蘭克吼叫。

現在只剩一台警車要解決了。

28

頂尖對決

女王號繞著足球場疾馳，警車則在內圈窮追不捨。兩台車就這樣以風速競飆，繞了一圈又一圈。**彷彿是碰碰車大賽僅存的兩輛車**。

法蘭克發現警車裡的其中一名員警是**史考夫巡佐**。警察目露兇光，把上半身探出窗外，他原本梳到頭頂遮禿的髮絲如今隨風飄動。他正對開車的員警**高聲**發號施令。

「加速！
加速！
衝衝衝！」

史考夫緊盯著迷你車。兩名搶匪的頭由於套了女用絲襪，臉部表情**歪七扭八**，但是法蘭克和父親沒有任何形式的偽裝。男孩這下慌了。**史考夫巡佐**會不會認出他和爸爸？

砰！

爸爸開著迷你車去撞警車，警車轉呀轉地滑向球門。

開車的員警不知怎地設法重新穩住警車，剛好在球門線外停下來。

嘰嘰嘰嘎！

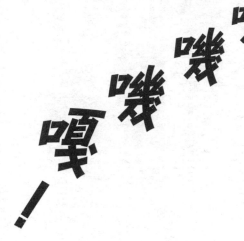

爸爸腳踩油門，加足馬力衝向警車。

兩台車的引擎罩**互撞**。

哐啷！

宛如兩隻交戰的水牛牛角相扣。

引擎聲**震耳**欲聾。

隆隆隆！

輪胎高速旋轉。

咻咻咻！

金屬碾壓。

嘎扎！

這是一場**頂尖**對決。

突然間，爸爸似乎撐不下去了。警車死命向前頂，把迷你車往後推。法蘭克抬起頭，只見兩名員警面露喜色，緊盯著他們。他們占了上風，以爲自己贏定了。

「**吉伯特，你在搞什麼鬼？**」芬格吼道。

「**被他們困住了，你這個笨蛋！**」桑姆嚷叫。

「沒這回事！」爸爸說。

他旋即將迷你車調頭。法蘭克從後車窗往外望。

如今他們等於朝後面的球門開。警車見狀趕緊**加速**。就在最後一刻，爸爸**急轉**迷你車的方向盤，整輛車一個**大轉向**。

警車駕駛猝不及防，車子乘風破浪般從他們旁邊開過，直衝球門。

轟隆！

「得分！」法蘭克叫道。

「趕快離開這裡吧！」爸爸說。

車子加速開往大門。父子倆歡聲雷動，隨著迷你車**砰咚砰咚**地開下階梯。

然而，他們還沒脫離險境，才剛把車開上大馬路，就看見前方圍了半圈的警車。爸爸只好把車子**調頭**，但爲時已晚。更多警車從後方一湧而上，而且一輛接著一輛排出陣型。**如今，迷你車被困在警車圍起的環狀牢籠了。**

砰咚！砰咚！砰咚！

還有一台警方出動的
直昇機在上方盤旋，將
聚光燈打在迷你車上。

他們無路可逃了。

29

無路可逃

「快投降吧！你們已經被包圍了！」

擴音器傳來人聲。

講話的是史考夫，他站在通往足球場的階梯頂端。繼警車如此驚天動地朝球網深處一撞後，這名員警似乎還有點驚魂未定；但他至少找到另外一條褲子了，雖然這條對他來說有點嫌短。直昇機的槳葉**轉呀轉**，他那爲了遮禿而誇張分邊的髮絲，也全被強風吹起來。直昇機造成的這場小型龍捲風將迷你車周圍的樹葉和垃圾全都捲到半空。車身咯咯作響，彷彿快要解體了。

「咯咯！嘎嘎！喀嚓喀嚓！」

爸爸大口吸氣。就連凶神惡煞芬格與桑姆也一臉愁容。

多年來法蘭克一直是父親賽車的忠實觀眾。令他驚豔的是，無論處境多麼驚險，這名冠軍賽車手總有辦法化險爲夷。**一定有什麼方法能逃出去的。**

「爸，不如你開出一條路，帶我們衝出去吧。」法蘭克慫恿他。

「兄弟，這樣太危險了。看來我們得自首了，一切都結束了。」

「都是這個小魯蛇的錯，害我們速度慢下來。」芬格咆哮道。

「真想把他的頭扭斷，拿來當足球踢！」桑姆雷霆大怒。

儘管腦袋和身體要分家的畫面不雅、令他分心，男孩還是決心要衝出封鎖

線。多年前他見過父親開著**女王號**做出令人拍案叫絕的特技：**車子只靠後輪立起移動**。

「爸，直接躍過這些警車吧！」

「不行，我辦不到！」男人答覆。

「可以的！讓女王號前輪離地！」

「前輪什麼？」桑姆質問。

「哪能讓汽車前輪離地啊？」芬格嗤之以鼻。

「我爸就是這麼厲害！」

「這回沒辦法了，」爸爸接話。「我做那個特技的時候，**女王號**輕得不得了。可是現在後座多了這個**腦滿腸肥**的傢伙。」

「現在後座多了這個**腦滿腸肥**的傢伙。」法蘭克一邊複述，一邊用下巴指向桑姆。

壞人黨羽把身子倚向男孩，一度像是要把他**吃**了似的。

「兄弟，不光是這樣。我們三個大人還得全**擠**在後座。」

「你還在等什麼？」男孩驚呼。

「那誰來開車？」爸爸問道。

「我啊！」法蘭克回答。

30

倒數計時

「你們只有十秒鐘投降，否則我們要出動大批武裝警力了。」史考夫巡佐透過擴音器宣告。他在手中轉動警棍，一副迫不及待要使用它的模樣。

「你才不能開車咧！」芬格嘲弄著說。「你今年多大？十歲？」

「我快滿十二歲了！如果你們想活著離開，就照我說的做！」

「十！」警方開始倒數。

「全部擠到後座！」

芬格和爸爸一臉不情願，但還是乖乖聽男孩的話。

「九！」

兩個男人手忙腳亂地爬進後座，同時男孩也七手八腳地到前座。

「八！」

「給我挪位子！」芬格對桑姆吼道，把自己擠入後座。

「我挪不了啦，」桑姆哀怨地說。「有這麼**大**的屁屁，我心有餘而力不足啊。」

「七！」

三個大男人塞在後座，前座只坐了一個小男孩，迷你車的車頭開始揚起。

哇嗚～！

「六！」

法蘭克臉上洋溢著藏不住的笑意。儘管生死交關，他卻坐在女王號的駕駛座，這輩子朝思暮想的美夢終於在此刻成眞。

「五！」

男孩將雙手放在方向盤上，覺得自己酷斃了。

「四！」

他把腿伸直，想要踩踏板。

該死！

他腿太短了！

「爸！我搆不著踏板！」男孩吼道。

「三！」

「我要把他招死！」芬格狂吼。

「你招完了之後換我招！」

桑姆接著說。

「三！」

他們只剩一秒鐘了。

31

撞車大賽

「兄弟，拿去！」爸爸扯開嗓門說。「這根給你用！」

男人拽開木腿，遞給男孩。

「一！」

男孩快如閃電地把腳套進義肢頂端的鬆緊帶。

「好！大夥兒上啊！」史考夫巡佐宣布。他揮舞著警棍衝下階梯，展開他的獨角戲聖戰。

男孩往木腿上一踩，木腿順勢壓向油門。

迷你車隨即呼嘯前行。車子前輪離地，攀上其中一輛警車的引擎蓋。

嘎扎！

迷你車把引擎蓋**壓扁**了。

咚！

迷你車的後輪駛過警車的擋風玻璃。

吱嘎！

「方向盤往左打！」爸爸叫嚷。

法蘭克照爸爸吩咐的做，車子開始駛過圓圈陣型的下一輛警車。員警們全都及時跳車。

「大家把重心往前傾！」爸爸吼道，三個後座的男人於是把身體的重量往前**壓**。

迷你車這下恢復四輪行駛。

啪嗒！

法蘭克就這樣駛過警車的車頂，一輛接著一輛。

迷你車碾過車頂，留下滿目瘡痍。迷你車的輪胎駛過警車，擋風玻璃全都劈哩啪啦地碎裂。

嘎吱！
女王號的重量也把警車車頂壓得面目全非。
法蘭克只在學校惹過一次麻煩，那就是在課堂上大聲打噴嚏。如今，他居然親身參與撞車大賽！
砰！

史考夫大爲驚恐，眼睜睜地看著一整隊的警車化爲破銅爛鐵。

法蘭克繞完一圈，爸爸馬上嚷道：「一直往右打！」迷你車從一台警車的車尾開下來，砰咚一聲！重重落地……保險桿刮過柏油路，擦出陣陣火花。

嘶！嘶！嘶！

「嗚呼！」男孩尖叫。法蘭克有記憶以來，自己從沒「嗚呼！」這麼叫過，不過現在這個時間點似乎再好不過了。

爸爸看著里程計漸漸破表，汽車正以超過一百英哩的時速行駛。警方出動的直昇機也在天空追逐。

咻咻咻！

「我們還沒脫離險境，」爸爸說。「兄弟，接力。讓我來甩掉那台直昇機！」

「老爸，沒問題。」

男孩想把木腿移到煞車，問題是它**卡**在油門拔不開。

「**爸！**」

「兄弟，怎麼啦？」

「**車子我煞不住！**」

32

凡事有起便有落

當法蘭克驚覺車子正駛向毀滅，原本的興奮瞬間化爲恐懼。爸爸的義肢卡在油門上，**女王號**前進的速度**不減反增**。

「兄弟，撐住啊！」爸爸一邊信心喊話，一邊從後座爬到前座。

移位的同時，他的屁股撞上芬格又尖又長的鼻子。

「動作不要這麼粗魯啦！」芬格兇他。

「不好意思！」爸爸喊道。

他**左扭右擺**，設法鑽到前座。

法蘭克行經一個**環形**交叉路口，以迅雷不及掩耳的速度急轉彎。

這下子害爸爸整個人往後摔，直接一屁股**坐**在芬格臉上。

「噁心！你動作可以再粗魯一點啊！」壞人的爪牙大吼。

「**不好意思！**」爸爸再次道歉，把屁股朝男人的鼻子再頂一下，才能把身子往前面的副駕駛座推進。「**哎喲！**」他又叫又嚷地滑進迷你車的前座。不過汽車行駛的速度還是有如脫韁野馬，愈來愈**快**。法蘭克緊抓著方向盤不放，死命地直視前方烏漆墨黑的道路，連眼睛都不敢眨一下。這裡一盞街燈也沒有，是鄉間伸手不見五指的黑暗。如今馬路已縮小成一條小巷，巷子兩旁栽種著高高的灌木樹籬。假如有車從對向開過來，他們就完蛋了。

他們還是能聽見警方出動的直昇機在頭頂窮追不捨。

咻咻咻！

「**把燈關掉！**」爸爸下令。

男孩撥動開關，車前大燈瞬間熄滅。沒人能看見他們，但他們同樣啥也看不見了。

沒過多久，頭頂的直昇機槳葉旋轉聲便愈來愈微弱。

「**應該把他們甩掉了。好，再試最後一次，把車停下來！**」

芬格咆哮道。

「我正在試！」爸爸答覆。他出拳揮打自己的木腿，無奈他的義肢還是不動如山。

男孩依稀看見遙遠的前方有什麼東西。粉紅色的、胖胖的，有點像豬。還真的是一隻豬！

「豬啦！」法蘭克吼道，不然看到豬還能說什麼呢？

「你膽子可真大啊！」桑姆咆哮。

想必牠是一路從樹籬的彼端吃到小巷，才這樣逃出農場。又或許是被天上盤旋的直昇機噪音給嚇著了。

「不是啦，我又不是說你！路上有隻豬啦！」

「輾過去！」芬格說。

「我不能殺生！」男孩大吼。

「那你吃不吃豬肉？」芬格嚷道。

「吃。」

「所以說囉，直接把豬碾過去就對了！」

桑姆一臉困惑。「芬格？原來豬肉出在豬身上啊？」

「廢話！」芬格吼他。

「哦，正所謂活到老學到老！」

「總算成功了！」爸爸說。他終於把木腿從油門上撞開了。接著他手忙腳亂地摸索駕駛的腳部空間，用盡全身的力氣往腳煞車一捶。

嘰嘰嘰嘰嘰嘰！

力道太猛了。

車子的後輪揚起，迷你車在空中翻筋斗。

嗚！嗚！嗚！

「哎喲喂呀！」大家異口同聲地尖叫。雖然實際上只騰空幾秒，但感覺起來卻像飛了好幾分鐘。法蘭克從擋風玻璃往下看，凝視小豬的雙眼。他和豬都瞪大眼睛、目露驚恐。

「嚄嚄！」

汽車上下顛倒，凌空飛馳。不過，凡事有起便有落。

車身掠過樹籬。

唰唰唰！

車頂撞上一片田野。

砰咚！

車子向後滑行，穿過滿是牲畜的田野；四名乘客全都頭下腳上地在車內懸蕩。

呼呼呼！

乳牛原本都躺著睡覺，直到這台上下顛倒的迷你車粗魯地在溼漉漉的草地上疾駛而過，才把牠們給驚醒。

「哞！哞！」乳牛連忙起身閃避，發出叫聲。

車裡的四個人全望向車後的擋風玻璃，他們正迅速逼近一棵高大的樹。

「有樹！」桑姆吼道。

「對，我們都有長眼睛！」芬格說。

「踩煞車！」桑姆大吼。

「我們纆過來了！」爸爸說。

「沒錯！」桑姆回應。

33 生悶氣

「抓緊了！」法蘭克驚覺車子馬上要墜落地面，扯開嗓門說。

嘎扎！

車尾撞上大樹，**女王號**頓時停住。

暈頭轉向的四個人就這麼頭下腳上地杵了一會兒，才手忙腳亂地爬出車外。

法蘭克仰臥草地，突然感覺有個粗粗黏黏的東西在舔他額頭。他抬頭一望，只見一根母牛的大舌頭。畜群圍聚著翻覆的汽車，如今想把遇劫的人舔醒。

「**哞！哞！**」

「不要舔啦！」芬格邊吼邊把乳牛的臉推開，但這個舉動只是讓牲口更想多舔幾下。

「這些動物做的肉叫什麼肉呢？」桑姆天真無邪地問。「雞肉嗎？」

芬格高聲嘆氣。

「現在我需要大家幫忙！」爸爸宣布。

「還是羊肉？」桑姆猜測。

「聽著！我們得同心協力把車子翻正。這樣好了，法蘭克，你跟我搬這頭，芬格和桑姆——」

爸爸還沒完整講完他的指令，桑姆就獨自把車翻正了。車子**砰咚**一聲落在草地上。

「哦，桑姆，謝謝，」爸爸說。「你好像不用別人幫忙就搞定了。」

「廢話！」芬格破口大罵。「差點被你們兩個害死。從現在開始，由我來開車。」

「每次都不給人家開！」桑姆怒氣沖沖地說。

「嗯，先喊先贏啦！」芬格兇他。

「我來開！」爸爸宣布。

「不公平！」芬格和桑姆發牢騷。

爸爸裝回他的木腿，坐入駕駛座。**「聽好了，我是亡命飛車的駕駛，所以由我來開。」**

「那這回可以讓我坐前座嗎？」桑姆懇求道。

「不行！」爸爸一口回絕。

「那這回我坐前座好不好？」芬格懇求道。

「不好！」

「為什麼？」兩名嘍囉問他。

「因爲只要我讓你們其中一個坐前座，另一個就會在後座碎碎念，然後我就得把車停下來讓你們換位子。這樣換來換去太浪費時間了。」

「那就趕快上路吧。我們得在半夜趕到大人物的家，」桑姆說。

芬格重重拍了桑姆的後腦勺一下。

「**痛欸**！幹嘛打我？」大塊頭哀嚎。

「不准跟小鬼提起我們的目的地。這是最高機密。」

「你是指『大人物的家』？」桑姆問道。

芬格這次更用力地敲他一下。

「**痛欸**！我又沒跟他說大人物是整起搶案的幕後主使！」

又是狠狠一敲。

「**好～痛～哦!!!**」

「**夠了！你們兩個！再吵就給我用走的！**」爸爸說。

兩個大男人乖乖上後座，扳起臉孔生悶氣。

沒有人喜歡被罵，尤其是鐵石心腸的壞人。

法蘭克爬進前座。男孩覺得爆笑到了極點。「安啦。我剛沒聽見我們要去大

人物的家，也沒聽見他是這件和其他所有搶案的幕後主使。」他沾沾自喜地笑著說。

「那就好！」桑姆說。「聽到了吧？」

芬格搖了搖頭。

「全都給我安靜！」爸爸說；他拚了命地想要發動車子。

嗝……嗝……嗝……

女王號不像往常震一下就發動，這回反倒發出低沉的摩擦聲。

「不好了。」爸爸說。

「怎麼了？」男孩問他。

「一定是剛才翻車的時候，汽油把引擎灌滿了。可憐的老姑娘要休息好幾個小時才能發動，這下我們得用走的了。」

「乾脆報警好了？」桑姆提議。「看警方能不能幫我們拖吊。」

「我們才剛擺脫警察，你忘了嗎？」芬格狂吼。

「對耶。」

「知道我得應付哪種笨蛋了嗎？」芬格扯開嗓門問蒼天。

「走了啦，」爸爸說。「愈快動身就愈早到達。」

話聲方落，一道閃電便劃亮夜空。

劈啪！

幾秒鐘過後，一陣雷響，緊接著唏哩嘩啦地下起滂沱大雨。

轟隆！

嘩啦啦！

「看樣子下雨了。」桑姆說道。

芬格搬起塞滿鈔票的褐色手提箱，扔給桑姆的力道有點太大了。

「**哎喲！**」嘍囉驚呼。

「給你搬！快點！這條路！」芬格發號施令，他們四人便展開前往大人物官邸的漫長徒步旅程。

爸爸和法蘭克回望可憐的女王號最後一眼。傾盆大雨嘩啦啦，把車子的黃色塗料沖到田野，英國國旗的圖案也因而顯露。

「那女王號怎麼辦？」法蘭克問道。

「兄弟，我們會回來找她的，」爸爸說。「別擔心。」

34 多行不義，財源廣進

這一行人在滂沱大雨中步履維艱地走過覆滿牛糞的田野，最後終於抵達一對雄偉的鐵門。門外的招牌寫著「比佛官邸」。

「到了！」芬格說。他按下門鈴，倚向對講機。

「這裡是大人物公館，您好。」擴音機傳出人聲。

「我們是芬格和桑姆，有件禮物要請老闆笑納。」芬格說。

「他正在等你們呢，請稍候。」

鐵門呼地一聲開啓，他們四個便走上長長的私人車道。車道的盡頭是一幢富麗堂皇的鄉間豪宅。十一歲的法蘭克有生之年還沒見過這麼氣派的家。羅馬式的粗石柱、挑高的窗戶，以及通往木頭大門的石階，這裡看起來跟宮殿一樣金碧輝煌。

法蘭克大開眼界，驚奇地嘀咕：「多行不義，財源廣進。」

他們經過裝飾噴水池，只見一座巨型大理石雕像坐落於正中央，模樣就像大人物本人，擺出英雄的姿勢，在空中飛揚的浴袍好似披風。他把自己打造成**超級英雄**的形象，但現實中的他是個**超級壞蛋**。

四個人攀上石階，來到宏偉的木門前。芬格拾起實金的黃金門環敲門。

叩！叩！叩！

過了一會兒，打蝴蝶領結、穿燕尾服的管家前來應門。

「主人正在書房等你們。」他宣布。這個又瘦又矮的男人不帶一絲笑容。法蘭克從他的口音和外表研判他是中國人。

管家領他們穿過長廊，進入大人物的書房。

「你們遲到了！」大人物咆哮。這個矮冬瓜坐在書房一張大桌子後頭，津津有味地抽著雪茄。他腳邊有兩隻體態豐腴的黑貓，脖子上戴著嵌滿鑽石的項圈。房間裡的黃金多到教人目不暇給。**黃金桌**、**黃金椅**、**黃金枱燈**、**黃金畫框**裡的**黃金畫**，畫的是一**身貴氣黃金**的大人物。其中一幅甚至把大人物畫成羅馬皇帝，頭上戴著**黃金葉冠**。這位仁兄愛**黃金**的程度幾近愛自己。

「老闆，對不起，」芬格說。「亡命飛車出了點小毛病。」

嘍囉瞪了爸爸一眼，他只好低下頭。

「這個**小傢伙**是誰呀？」大人物質問。

「先生，他是我兒子。」爸爸說。

「哦，我終於跟這個小毛頭見面啦。你媽跟我說過不少關於你的事喲。」

「我媽？」男孩嗓音顫抖地說。

「你的爹地沒跟你說嗎？」大人物沾沾自喜地說。「她是**我的**女人了。」

法蘭克的目光掃回父親，困惑到無以復加。「爸？請告訴我這不是眞的！」

男人深吸一口氣。長久以來，爲了保護兒子，這個事實他一直隱忍不說。如今他別無選擇，只能跟他攤牌。

「兒子啊，**我真的很抱歉**。這是眞的，你媽媽跟大人物一起住在這裡。」

法蘭克頓時感覺自己像是沉入水底，周圍的世界變得寂靜而沉重。他無法思考，無法言語，無法呼吸。

爸爸用雙臂環抱兒子。「兄弟，我早該跟你說的。可是我想保護你，不讓你知道眞相。」

法蘭克不想在這群人面前落淚。他想故作堅強，偏偏又做不到。他淚眼汪汪地說：「**拜託**，別跟我說我媽現在也在這棟房子裡。」

大人物不懷好意地奸笑。「她當然在囉！因爲我不讓她出門嘛！」

聽到這個笑話，兩名嘍囉哈哈大笑。不過，這跟多數笑話一樣並不好笑。

「哈！哈！」

「沒錯，媽咪在家，」大人物繼續往下說。「每到晚上的這個時候，就能看見她獨自一人在會客室倒年份香檳。她喝的這種名貴佳釀，你爸絕對買不起啦。」

他的嘍囉又放聲大笑：**「哈！哈！」**

「那麼，小克克，」大人物說：「你想不想媽咪啊？想不想見她呀？」

「不想！」男孩斷然拒絕。

「這樣啊，我猜她很想見你耶。畢竟這麼久沒見了。老常，跟夫人說她兒

子來了。」

「是的，主人。」管家語畢便鞠躬離開書房。

爸爸伸手摟住兒子，作勢要保護他。「別對孩子這麼殘忍。」他請求道。

「我等不及要看這場好戲了！」大人物答覆。「母子終於團圓的感人親情大戲！」

「爸，我不想見她，」男孩抽著鼻涕說。

「走吧，兄弟。我們離開這裡。」爸爸邊說邊牽起兒子的手。

可是來不及了。男孩的母親已出現在門口。

35

香檳、香水和髮膠

媽媽的長相跟法蘭克記憶中差很多。如今她秀髮豐盈、濃妝豔抹，指甲油鮮艷吸睛。她的膚色健美，深了一個色號，從頭到腳穿金戴銀。她看起來跟黑幫的情婦沒兩樣，事實上她本來就是黑幫的情婦。

「喲，你都長這麼大啦？」女人含糊不清地說。她手裡拿著香檳杯，杯緣沾了一圈口紅印。

這麼久沒見到母親，眼前的景象對男孩來說好不真實。最後法蘭克勉強吐出一句：「哈囉，媽媽。」

大人物眉開眼笑，似乎樂在其中。「還不快給媽咪親一下？」

男孩搖搖頭。

「法蘭克，快呀！」

她邊說邊跟踉蹌地走進書房。女人足蹬高跟鞋步履蹣跚，好似剛學走路的小馬。最後她和兒子面對面。男孩不得不閉上嘴巴，努力憋氣，免得吸進香檳、髮膠和香水的臭味。

「給我親一下！」她要求他。

「我不想！」男孩說。

「你這個小無賴真沒禮貌！」她吼著說。

芬格和桑姆從旁觀望，看到此情此景幸災樂禍。兩隻黑貓也滿足地嗚嗚叫。

爸爸插手了。「不要碰我兒子！」

女人慢慢轉頭面向他，與他四目相交，說：「吉伯特，你忘了。法蘭克也是**我**兒子。」

男孩感到左右為難。雖然這麼多年來，母親令他失望透頂，但在內心深處，他還是**愛**著她。

「請妳別這麼做，」爸爸懇求道。「現在不要。」

女人氣得漲紅了臉。「我要去睡了！」她怒氣沖沖地說。

「別急著走啊，」大人物下命令。「親愛的，我要妳留著，看看這兩位紳士帶了什麼寶貝給我。」

老常對芬格和桑姆點了個頭。這對歹徒立刻動起來，將褐色手提箱滿滿的鈔票全擺在桌上。那些是一捆又一捆五十英鎊的紙鈔。每一捆看起來都有一百張鈔票，總共至少有一百捆。

這樣總金額是50×100×100。雖然數學不是法蘭克的強項，但他知道一共有很多零。

「女人，妳瞧！」大人物說。

媽媽眼睛一亮。「哦，大大！好美哦！」

這個矮冬瓜犯罪首腦捧起一大捆鈔票給她。「寶貝，拿去。給自己買點好東西當生日禮物。」

「大大，你最好了！」媽媽尖聲尖氣地說，用雙臂環抱大人物，給他情意纏綿的**深深一吻**。

姆嘛！

法蘭克和爸爸不忍卒睹，就連芬格、桑姆和老常都只能尷尬地盯著天花板。

「趕快上床睡覺哦！」她撒嬌著說，並將最後一點香檳倒進喉嚨，再踩著高跟鞋搖搖晃晃地走開。

女人從其中一疊紙鈔中抽出一把，塞進男孩睡衣的口袋。「這是給你的**零用錢**。」

「我不要妳的臭錢。」法蘭克說，並拿出鈔票塞回她的手裡。

「那你想要什麼？」女人口齒不清地問。

「妳的東西我統統不想要，」法蘭克說。「我再也不想看到妳！」

女人臉色一沉。媽媽彷彿化身為一條毒蛇，她把手高舉，像要甩兒子一個耳光……

36 贓物

爸爸伸手抓住媽媽的手腕阻止她，就在離法蘭克臉頰一咪咪遠的位置緊抓不放。

「麗塔，妳在幹嘛？」爸爸問她。

「吉伯特，我也不知道！」女人答覆，她突然爲自己可能釀下的大錯震驚不已。

「妳對我們兒子造成的傷害還不夠多嗎？」

「我知道。對不起、**我很抱歉**，我不知道自己是著了什麼魔，」她語無倫次地說，眼淚撲簌簌地滑落臉頰。「法蘭克，我辜負了你。我對你只做過一種貢獻。就是辜負了你。」

「少在這裡丟人現眼了！」大人物咆哮。「給我滾去睡覺！」母親低著頭，

跌跌撞撞地走出書房。「我要怎麼使喚她，都不關你們的事。現在她屬於我。」接著他對爸爸和法蘭克奸笑著說。

男孩領會到這傢伙是個壞蛋。**壞到無可救藥**。

然後，犯罪首腦將注意力轉移到桌上那堆成山的贓物。他拾起一疊**鈔票**。先是聞一聞，再親了親，最後用手指拂掠紙鈔的邊緣，耳朵貼近聆聽數鈔聲。他那肥滋滋的小臉綻開了燦爛的笑容。

「**錢……**」他彷彿被下了咒語似地喃喃自語。「好多好多可愛的**錢錢**。」

「老闆，這裡一定有五十萬英鎊，」芬格說。

「兩位，這樣一晚算起來，收穫還挺不賴的。一點都不賴。」

大人物像扔骨頭給狗吃似地，把兩捆鈔票丟給他的兩名親信芬格與桑姆。

「你們一人一份。」老闆說。

得到贓款的兩個男人興高采烈。

「謝謝老闆。」芬格說。

「就是啊，老闆，感激不盡，」桑姆激動地附和。「現在我可以買更多**足球貼紙**回家蒐集了。」

法蘭克和爸爸互換一個眼色。足球貼紙？他今年多人？十歲？

大人物旁邊有個標註「**魚子醬**」的大錫罐。他拿小金湯匙伸進去，舀出幾百粒黑黑小小的魚卵。

「羅尼？瑞吉？」他呼喚著。

在叫誰呀？法蘭克心想。

兩隻肥貓起身，弓著背齜牙咧嘴。

「羅尼！」

第一隻貓舔了一下湯匙，貪婪地吞下魚子醬；這時瑞吉則在一旁嘶嘶叫。

「瑞吉，別擔心。這不就給你了嗎？」

接著大人物將一團魚子醬輕輕彈到空中，寵物貓張嘴接住。兩隻貓滿足地

嗚嗚叫。

「老常！」大人物叫喚。

「是的，主人。」管家答話。

「把剩下來的戰利品給我放到保險箱去。」

「主人，樂意之至。」管家說。他把畫框往旁邊挪，只見後頭藏了一個保險箱。老常在袖珍鍵盤按下四個按鈕……

嗶！剝！嗶哩！剝囉！

……然後保險箱的門就咻一聲地打開了。

法蘭克往裡面偷瞄一眼。金屬保險箱塞滿了金條和五十英鎊的鈔票。

管家將一捆捆新搶來的紙鈔整整齊齊地擺進去。

老常裝完後，法蘭克高聲發言。「人人物！這不公平啊！我爸的份呢？」

語畢，死寂的沉默降臨書房。

「你跟我說什麼？」

大人物質問，他貪婪的小眼珠氣得往外凸。

「沒事，」爸爸搶著回答，不希望引起任何麻煩。「童言無忌、童言無忌。」

「我看不是這麼回事。你這個討人厭的**小屁孩**，你剛跟我說什麼？」

37 腦袋要爆炸啦

大人物書房裡眾人的目光全落在法蘭克身上。這個身穿髒舊睡衣的小淘氣居然敢嗆犯罪首腦。

「亡命飛車是我爸開的，」法蘭克說。「如果沒有他，你們搶劫肯定被抓。所以當然該算他一份！」

大人物聽了哈哈大笑。

「哈！哈！哈！」

接著芬格也笑了起來。

「哈！哈！哈！」

桑姆也跟著笑了。

「哈！哈！哈！」

最後就連不苟言笑的老常也發出有點類似笑聲的噪音。

「吼吼吼！」

羅尼與瑞吉滿足地嗚嗚叫。

「有什麼好笑的？」男孩問道。

「好笑的是，」大人物說：「你爸欠我錢！」

爸爸的臉上掃過一抹愁容。「可是，大人物，我們當初不是這麼說的。你明明答應幹完今晚這一票，就算償清我所有的欠款。」

大人物**大搖大擺**地從書桌後方走出來，最後和爸爸面對面。犯罪首腦死命地盯著男人的雙眸，從雪茄往他鼻子吹出一縷煙。爸爸被嗆得猛咳嗽。

「才一晚！」大人物這麼說。「才一晚就想一筆勾銷！別笑掉人家大牙了。你是不是忘啦？你欠我的錢可多咧！」

「我只向你借五百英鎊。」爸爸陳述。

「只借五百英鎊？」

「借來給我兒子買生日禮物。」

「我的賽車組！」男孩說。

「對。」

「唉呀，爸爸！」法蘭克向他抗議。「你根本不必買的！沒賽車組我還不是活得好好的。」

「兄弟，拜託你閉嘴！」爸爸說。

「可是你沒還錢啊，不是嗎？」大人物繼續往下說。

「我盡力了，我發誓我盡力了。我試了又試，想重操舊業，回去當碰碰車的賽車手，可是他們不讓我開車了。」

「吉伯特．古迪，**這是你欠我的**。連本帶利。**五百英鎊變成一千英鎊，一千英鎊變成一萬英鎊，一萬英鎊變成十萬英鎊。」**

「哪有這麼算的？」法蘭克抗議。「明明五百英鎊，怎麼會變成十萬英鎊!?」

「我又不是開銀行的。」大人物兇他。

「對，你只是**搶**銀行罷了！」法蘭克頂嘴。

「伶牙俐齒的小鬼，敢嗆我？」

「可是，十萬英鎊？！」爸爸哀求道。「這麼大筆數目，我一輩子不吃不喝也還不起啊！」

大人物露出陰險的笑容。「那你最好繼續爲我工作，直到還完債爲止。」

「太不公平了吧！」法蘭克說。

「兄弟！閉嘴！」爸爸厲聲訓斥。「要我工作多久？」

「我說了算。」

「萬一我拒絕呢？」爸爸問他。

「芬格？桑姆？」

兩名爪牙立刻採取行動。

芬格用雙臂圈住法蘭克的腋下，將他從地面一把抱起來。

「放開我！」男孩一邊尖叫，一邊試圖掙脫。

「你的髒手不准碰我兒子！」爸爸吼道。

桑姆狠踹男人的木腿，結果把它給踢斷了。

啪嗒。

爸爸跌到地上。

砰咚！

「爸！」法蘭克大叫。

可憐的男人就這樣一摔不起。他的身體雖有殘疾，但意志相當堅定。

「我發誓，你敢動我兒子一根汗毛，我就……」

「你就怎麼樣？」大人物嘲諷地問，一腳踩在爸爸的手指上。

嘎吱！

「唉呀！」爸爸尖叫。

「桑姆！」大人物發號施令。「使出你的殺手鐧對付這個小鬼！」

法蘭克驚恐地望著男人扳他巨大的拇指，暖身準備出招。

劈哩。啪啦。

嘍囉對準男孩的耳朵扳手指。法蘭克覺得自己的腦袋快要爆炸了。

「啊！」他驚聲尖叫。

38 站住！

「求你行行好！」爸爸吼著說。**「你說什麼我都照做！只要別傷害我的孩子。」**

大人物揚揚得意地奸笑，拖到最後才說：「好了，兩位。」

於是芬格和桑姆把法蘭克放下。大人物在權力的美好中沉醉片刻，才把腳從爸爸的指頭上移開。男人依舊痛苦地蠕動身體，手忙腳亂地爬起來，跪著擁抱嚇得直發抖的兒子。

「吉伯特，很高興你終於想通了，認同我的看法就對了，」大人物繼續說。「我很快就會派給你下一個任務。」

法蘭克跪下來，幫爸爸裝回木腿。這時男孩突然發現有一捲紙鈔在他腳邊。想必是他們清空手提箱時，從大人物的書桌掉下來的。那捆平展的五十英鎊鈔票正是他和父親許多問題的解答。

法蘭克神不知鬼不覺地慢慢移動左腳，伸向前把那疊鈔票壓住。只要他保持冷靜，就能狡詐地把錢滑出書房。

「我的主人謝謝你們來訪，現在請回吧。」老常宣布。

對方帶路，要他和父親離開書房，法蘭克的腳還是緊緊壓著地面。

走沒幾步路，就聽見大人物咆哮：「**站住！**」

父子倆乖乖照辦。

「你走路的樣子怎麼那麼奇怪？」他質問道。

「誰？我嗎？」男孩裝無辜地反問。

「對，就是你。你爸走路樣子怪的原因我們都曉得了。」

果不其然，聽到老闆殘忍的笑話，這兩個爪牙又很捧場地笑了。「**哈！哈！**」

「我走路哪裡**奇怪**了？」法蘭克說。

「那你再走幾步給我看。」大人物說。

男孩只好照辦，拖著左腳走路。

「你腳底下有什麼？」

「什麼都沒有啊。」男孩撒謊。

大人物怒髮衝冠。這個小男孩在考驗他的耐性。

「桑姆！」大人物下令。

暴徒知道他有什麼任務。他大步走向法蘭克，雙臂圈住他的腋下，**把他從地面抱起來**。

每雙眼都盯著男孩從書房偷渡不成的那捆鈔票。

「爸，是我不好。」法蘭克低聲說。

爸爸給兒子一個微笑表示支持。

「看起來我們之中有人是**小偷**哦！」大人物宣布。

「拜託，我求求你，大人物先生，饒了這個孩子。」爸爸哀求道。

犯罪首腦**大搖大擺**走到法蘭克面前，死命地瞪著他。法蘭克深吸一口氣。這個齷齪的矮子想要幹嘛？

答案是微笑。「小朋友，我很佩服你，」大人物說。「打從心底佩服你。你這小子挺帶種的嘛，你該搬來跟我還有你媽一起住。」

爸爸望向兒子，眼底燃燒著熾烈的恐懼。

「你作夢！」法蘭克吼道。

「話可別說的這麼篤定，」大人物回答。「你再仔細想想。」

「我已經想過了，**不可能**。」

「我可以好好栽培你。」

「爸，走吧，」法蘭克一邊說，一邊拉父親的衣袖。「我們得走了。」

父子倆剛走到書房門口，大人物就在男孩身後呼喊。「有朝一日，這萬貫家財都會是你的。」

「我寧可去死。」

「這我也能助你一臂之力。」大人物樂開懷地說。

39

陰暗處的一個人影

法蘭克跟爸爸在這個風雨交加的夜晚無言地跋涉，最後終於找到一個火車站。父子倆窩在月台的長椅上瑟縮取暖，等待第一班空蕩蕩的冰冷火車載他們回鎮上。

「你要知道，你媽是真的愛你。」爸爸說。

法蘭克沒吭聲。今晚發生的一切讓過去的累累傷痕再次浮現，還使烙印變得更深。

「她以前從沒喝得這麼兇過。」爸爸說。

「我看了很難過。」

「來，我們父子倆都需要**抱抱**。」

於是他倆緊緊相擁，直到火車緩緩駛進車站。等他們抵達住的那棟公寓，天空正漸露魚肚白。由於大樓的電梯還是沒修好，父子倆只好爬上一層又一層的階梯。等爸爸終於把鑰匙伸進大門的孔眼，他倆已經累到無以復加。進家門之後，只見客廳的門是開的。有個人影出現在暗處。

法蘭克嚇得緊抓著父親。

「兩位早安！」原來是斐麗姑媽。

「哦，斐麗姑媽，妳早！」爸爸說。

他和兒子完全忘了她是來顧小孩的。

「不好意思，麻煩妳一整晚，」爸爸說。「我回來的時候發現妳睡著了，所以不想把妳叫醒。」他補充道。

「我的天啊，看看你們搞得什麼樣子！」女士邊說邊發狂似地用手抹去他們衣服上的汙泥。爛泥巴的汙漬去不掉，於是斐麗做了一個法蘭克最討厭的舉動。

女士掏出她的手帕，朝上面**吐了吐**口水，再使勁抹掉汙漬。接著她朝手帕打了個噴嚏。「這是**牛屎**啊！」她驚呼道。「你們到底去哪裡鬼混了？」

「只是出去買牛奶罷了。」爸爸撒謊。

「直接從乳牛身上擠奶嗎？」她問。

「呃，不是啦，在拉吉的店買的。」男孩做補充，希望這樣能把謊圓得比較可信。「一定是回來的途中踩到牛屎了。」

「是這樣嗎？那好吧，我現在好渴，想泡杯茶。」斐麗姑媽說。「牛奶在哪兒？」

「什麼牛奶？」爸爸反問她。

「你們買的牛奶啊。」

「還回店裡了。」法蘭克說。

「幹嘛還回去？」女士問他。

「因爲過期了。」爸爸回答。

「早該猜到的！」法蘭克繼續胡謅。「牛奶在特價。不過我相信拉吉可以把它當乳酪來賣。」

斐麗疑惑地注視他倆。女士知道事有蹊蹺，但究竟是什麼事呢？她把手帕塞回衣袖，瞄了手錶一眼。

「唉呀。都幾點啦？我們趕快出發吧。」

「去哪兒？」爸爸問她。

「別告訴我你們都忘了！」

爸爸和法蘭克面面相覷。歷經驚濤駭浪的夜晚，他們確實把其他事忘得一乾二淨。不過，他們究竟忘了什麼事啊？

「對不起，被妳猜到了，我們真的忘了。」法蘭克說。

「當然是上教堂囉！」斐麗驚呼。

「哦，對吼。上教堂！」爸爸故作開心，演技卻差到不是內行人都能識破。

「爸，父親節快樂。」

「兄弟，謝謝。」

斐麗姑媽望著這對父子，臉上寫滿驕傲的笑容。「**真美好啊！**對了，別煩惱，我已經寫好一首專門慶祝父親節的詩，給你們在所有會眾面前朗讀。」

父子倆互換一個痛苦的表情。

40

空座位

「真正高興能見到你，滿心歡喜地歡迎你！」法蘭克、爸爸和斐麗姑媽被外面依舊肆虐的大雷雨淋成了落湯雞，好不容易進了教堂，朱蒂絲牧師便上前迎接。

「希望能幫你們找到三個連座。你們想坐一起吧？」

「可以的話是最好。」斐麗姑媽說。

法蘭克環顧教堂。裡面塞滿了……椅子——空蕩蕩的椅子。可悲的是，即使在父親節這天，積極到無以復加的朱蒂絲牧師還是無法號召許多信眾前來做禮拜。只有一位老婆婆坐在後半部，她戴的助聽器有點毛病，一直發出尖銳的哨音。

咿咿咿咿咿咿咿咿咿咿咿咿咿咿咿!!!

「這邊請。」朱蒂絲牧師邊說邊帶著三人走到教堂前方。

他們經過老婆婆的時候，她扯開嗓門問：「牧師啊，茶跟餅乾呢？妳說好要請我喝茶吃餅乾的呀。」

「茶和餅乾會於禮拜結束後奉上。」牧師面帶微笑地回答。

「那我一個鐘頭後再回來好了。」老婆婆說著說著就起身走出教堂。

可憐的朱蒂絲牧師努力掩飾內心的失望，繼續帶領她為數三人的信眾來到座位。

「這三個座位滿意嗎？」

「太好了，謝謝，」斐麗回答。「妳今天看起來氣色**眞好**。」

「唉呀，是妳不嫌棄。」牧師受寵若驚地說。

「是不是髮型有點不一樣？」

「只是拿梳子整理一下罷了。」牧師聳聳肩。
「哦，看起來神采飛揚啊。」
「妳的嘴巴眞甜。」
斐麗姑媽和牧師咧嘴互換靦腆的笑容。
「爸！」男孩在父親耳畔低語。
「怎樣？」
「她們兩個是怎麼回事？」
「我怎麼知道？」
父子倆從沒多想過斐麗姑媽從前的感情生活。
「噓！」斐麗姑媽要他們安靜。「請不要吵到其他信衆。」
「這裡根本沒有別人啊！」男孩抗議。
「這裡是教堂！信衆的精神與我們同在，」斐麗姑媽答覆。「牧師，請繼續！」
「謝謝妳，斐麗！」她一張口致歡迎辭，大雨就像有人把水龍頭打開似地從天花板倒在她身上。朱蒂絲試著移動身體躲雨，可是左閃右躲，位置一個比一個差。這些年來，牧師沒說假話：屋頂迫切需要整修。

「歡迎各位參加這個特別的**父親節禮拜**。今天看到這麼多新面孔，實在太開心了。」

法蘭克環顧四周，看有沒有別人進來。根本沒有。她所謂的「這麼多」新面孔，指的一定是「兩張」而已。

「那麼，容我邀請一對父子到聖壇來，爲其他信衆朗讀一首特別的詩，以歡慶**父親節**，也爲今天的禮拜揭開序幕。」

這對父子檔帶著**沉重**的心走上聖壇，再轉身面向空蕩蕩的椅子海。

「**《父親節》，作者：斐麗姑媽**。」男孩開始朗讀。

「爹地，我愛你，真心不騙。」

滂沱大雨從天花板打在男孩的頭頂，這時輪到爸爸唸了。

「兒子，我也愛你，真心不騙。
你出生的那天，我樂翻天，
雖然我得幫你換尿布。」

爸爸還沒被雨淋到「全溼」，一臉得意揚揚。沒想到，穿透天花板的雨勢瞬間轉強，彷彿有人拿著一桶水往他頭上澆。

「我總會存錢給你買禮物，超棒超貴重的禮物。」

就在這個時候，教堂的後門旋而開啟。

嘎吱！

史考夫巡佐耀武揚威地走了進來，在前排坐下。

父子倆緊張地倆倆相望。

他來這裡幹嘛？他們假裝沒

事，繼續往下唸。要是以爲這首詩不可能寫得更糟，他們就是大錯特錯。

「望著你總讓我神魂顛倒，你的雙眸、你的腳趾頭、還有你的小屁屁，」爸爸繼續朗讀。

大門再次開啓。

嘎吱！

這回走進來一個又一個警官。因爲這裡是莊嚴肅穆的教堂，他們將頭盔脫下，但是怕天花板漏水，又立刻戴回頭上。

法蘭克瞥向朱蒂絲牧師。她看見教堂湧現人潮，笑得合不攏嘴。男孩遲疑了一下，又繼續唸詩。

「親愛的爹地，你是最棒的……」

可是，他還沒唸到下一行，**史考夫巡佐**就幸災樂禍地插嘴。

「他才不是最棒的——他已經被捕了！」

41

有罪

警方在田野找到了那輛亡命飛車。雨水沖掉了迷你車的黃色顏料，露出底下的英國國旗。這台車就是**女王號**，怎麼也賴不掉了。這條線索將警方引到他們的頭號嫌犯，也就是車子的主人——吉伯特．古迪。男人在教堂被捕，在警局遭到指控，然後被關進牢裡。幾個禮拜過後，法院宣判的日子到來。毫無意外的是，爸爸被判……

「**有罪！**」陪審團的代表宣布他們的裁決。

法庭的眾人接著將目光移向皮勒法官。這位不苟言笑的老頭像是坐在寶座似的，看起來舉足輕重。他身披紅袍，頭上戴了一頂奇形怪狀的老派假髮。受審的爸爸站在被告席。沾沾自喜的**史考夫巡佐**則在他身旁看守。法庭樓下坐著陪審團、律師、書記官和員警。樓上的旁聽席則坐著形形色色的觀眾，其中也包括法蘭克和斐麗姑媽。他們身後幾排坐了芬格和桑姆。法蘭克猜一定是大人物派他們來監看，事後再向他回報。

「古迪先生，陪審團認爲**你有罪**。請容我多說幾句，我對你非常失望，」皮勒法官接著說。「兒子還這麼小，你卻參與這種組織犯罪。搶劫銀行！偷走五十萬英鎊！我必須補充，這筆贓款至今仍未尋獲。你一定知道**錢**藏在哪裡，古迪先生，可是你卻拒絕告知警方。你一定有共犯，但是你不願供出人名。這無疑是你們

犯罪集團的榮譽準則。」

法蘭克回頭看芬格和桑姆，只見他們正對男孩賊笑。

「對任何奉公守法的百姓來說，這都毫無榮譽可言。簡直名譽掃地。古迪先生，你是一個壞人。更糟的是，你是一個**壞爸爸。榜樣壞到不行的爸爸。**」

這句話宛如一噸重的磚頭壓在吉伯特身上。他眼眶泛淚地回望兒子，默默聆聽法官宣判。**「吉伯特．古迪，我判你十年有期徒刑！」**

42 沒有人敢拒絕

「**爸！**」法蘭克嚷道。他眼睜睜地看著父親被**史考夫巡佐**戴上手銬拖走。「**不要啊！**」男孩開始啜泣。等爸爸出獄，他都要成年了。

「兄弟，我很抱歉！」爸爸高聲說。「斐麗姑媽，請幫我照顧孩子！」

「你放心！」女士一邊保證，一邊從袖口掏出蕾絲手帕替男孩抹去淚水。「法蘭克，別哭了，有姑媽照顧你。」

「我只要我爸爸。」男孩抽著鼻涕說。

「我知道，我都知道。對不起，姑媽當不成你爸爸。將就一點，日子還是

能好好過的。我們走吧。」

斐麗姑媽牽起法蘭克的手，帶他走出法庭；可是芬格和桑姆擋住了他們的去路。

「**借過！**」女士說，但雙人組不肯讓路。

「你老爸沒**告密**，算他識相，」芬格說。「不然天曉得你會有什麼三長兩短？又或者他在牢裡會吃什麼虧。」

「我有六個兄弟關在牢裡。」桑姆大言不慚地說。

「那你一定很引以爲傲囉，」斐麗姑媽說。「好了，請你們讓路。」

雙人組依舊不動如山。

「**你們到底是誰啊？**」斐麗質問道。

「我們是這位小朋友爸爸的朋友。」芬格答覆。

「他們才**不是**什麼朋友咧！」法蘭克說。「他們是拖他下水的狐群狗黨。」

芬格將他其中一根又細又長的手指放到唇邊。「講話小心點啊。」

「**快點讓我們過！**」男孩邊說邊推，可是推不動這兩名彪形大漢。

「小朋友，別急嘛。我們是來遞邀請函的，」芬格說。「大人物親口說的哦，他想邀你到官邸坐坐。」

「我說『**不要**』！」男孩說。

「**借過！**」斐麗姑媽強烈要求。「**不讓過的話，我要使用暴力囉！**」她舉起手提包，必要的時候隨時可以拿來打那兩個男人。

「沒有人，沒有人，沒有任何人敢拒絕大人物，」芬格說。他讓到一旁，在一大一小通過時故意鞠了個躬。兩人走到門口，聽到嘍囉在身後喊道：「應該說，沒有**活人**敢拒絕！」

43 臭乳酪

那一晚待在斐麗姑媽的家，法蘭克的淚水浸溼了枕頭。斐麗從樓下廚房聽見他的哭聲，於是上樓給他換新枕頭。她坐在粉紅小空房的粉紅小床床畔，輕撫男孩的頭髮。

「小法蘭克，我知道你現在的心情就像走過一場暴風雨，」斐麗姑媽說：「但是我向你保證，隨著時間流逝，風雨會漸漸減輕的。」

結果根本不是這麼回事。隨時日子一天一天過去，法蘭克覺得自己像是行經**電閃雷鳴**。

因爲有個「吃牢飯」的父親，男孩在校園慘遭霸凌。要是在學校出什麼差錯，總是會怪到他頭上。他班上有個特別討人厭的女生說：「法蘭克的老爸是小偷。有其父必有其子，他也是個小小偷。」

但是法蘭克很清楚他的父親不是小偷。其實他是個好人，只不過是做了一件錯事罷了。爲了盡力讓兒子享福，爸爸最後搞到債台高築。現在法蘭克也想爲父親做點什麼。問題是該怎麼幫忙呢？

斐麗姑媽的小房子塞滿了零碎的古董，幾乎沒有多餘的空間能留給法蘭克。每張桌椅、每個壁櫥都堆滿了頂針、瓷娃娃、皮面精裝本的書、動物造型的小雕像，以及過時老派的泰迪熊。

和斐麗姑媽同住，日子變得跟以前和父親相處大不相同。女士會坐下來陪他做功課，確定他每個英文字母「i」都不忘點上一點，每個英文字母「t」都記得劃上一橫。有時候她還會糾正老師拼錯字。

「很抱歉，但你的歷史老師實在不學無術！她居然連法國城市『巴約』的英文都不會拼！」

他們從來不會喝茶配洋芋片。女士只會做法式鹹派給他吃，可是男孩總覺得很噁心。斐麗姑媽堪稱**鹹派女王**。這種鹹味的酥皮點心是她唯一吃的食物。

她的法式鹹派口味，多數人都不敢恭維：

醃洋蔥佐甜菜根
咖哩蛋配高麗菜
臭乳酪加蕪菁甘藍
鷓鴣、防風草加梨子
罐頭肉、罐頭肉，還是罐頭肉
鰻魚佐洋薊
明蝦配海鷗蛋
球芽甘藍佐山羊凝乳

晚餐後的娛樂活動是一成不變的**「詩歌時光」**，這段時光總會拖兩、三個小時才結束。

「下一首詩叫作『樹之頌』，作者正是在下，」她會盛大宣布，然後高

聲朗讀。

「樹呀樹，
多麼可愛的樹，
你在微風中
悠然自得地輕舞，
真希望我可以
如此自由自在，
但我心裡有數
我永遠不可能變成樹。」

「呼嚕……呼嚕……呼嚕……呼嚕……」男孩會裝睡。因爲這是唯一使她閉嘴的方法。

日復一日，週復一週，月復一月，這對最不對頻的姑婆與姪孫感情愈變愈好。法蘭克漸漸喜歡這位女士，她在他最需要關懷的時候伸出援手。父親鋃鐺入獄，法蘭克原以爲母親會打電話給他。可是她一通也沒打過。他只剩斐麗姑媽當靠山了。

沒過多久，她和法蘭克便建立了一套愜意的慣例。每到**星期五**傍晚，他們會一同造訪地方上的圖書館，那裡是斐麗上班的地方。

男孩會暫時拋開所有煩惱，沉醉在書本之中。他甚至也漸漸愛上詩歌。

每逢**星期六**早上，他們就去公園散步。斐麗會給男孩一枚硬幣讓他許願，無奈願望從未成真。他的父親仍被關在牢裡。

星期日的早晨，斐麗會帶法蘭克上教堂。那個空間除了他倆，看不見另一個人影。每天晚上，斐麗會在她的木製小餐桌上抖開她的蕾絲桌巾，擺好兩人用的餐具。不過，某一晚，桌上擺了第三人的餐具。男孩不由自主地感到好奇。

44

噴嚏汁

「小法蘭克，再見到你超開心的！」男孩爲女士打開大門，她笑臉迎人地說，手裡還捧著一束野花。

「牧師，妳好。」男孩說。他倆就這麼杵著大眼瞪小眼好一會兒。

「我可以進去嗎？」她問道。

「如果是牧師的話，請馬上讓她進來！」斐麗從廚房呼喚。

「改變一下眞是驚爲天人。」朱蒂絲牧師說。

斐麗穿著她最**飄逸**、最**花俏**的洋裝飄飄然地向他們走來。一看到花，她的情緒變得相當激動。

「送我的嗎？」她問道。

「當然囉！」朱蒂絲說。「是我親手摘的。」

「從沒有人送過我花。眞的非常非常感謝。」斐麗聞了一下，隨即朝鮮花打了個噴嚏。

「啊啾啾啾！」

「妳還好嗎？」牧師問她。

「我很好，好得很。只是對花有點過敏，不過我超喜歡花的。」斐麗把花插進餐桌的花瓶。

「啊啾啾啾！」她又打了個噴嚏，而且更大聲。

「那麼，妳沒結過婚囉？」牧師問她。

「結婚？」斐麗嘲弄道。「我連接吻的經驗都沒有呢！」

「眞的假的？」牧師又問。

「眞的，一次都沒有。那些無聊的風花雪月早就在多年前跟我擦身而過。」終其一生過著沒有愛的日子，想到這裡還挺悲哀的，法蘭克和朱蒂絲都不知該怎麼接話。

幸好斐麗自己打破沉默。「咱們坐下吃晚餐吧。」她宣布。

三人於是在餐桌前就座。

「希望妳喜歡吃兔肉和蒲公英鹹派！」斐麗說。

男孩扮了張鬼臉。

牧師答覆：「我沒吃過，不過我相信一定很好吃。我來做飯前禱告。」

斐麗闔上眼祈禱，男孩也一樣。

「親愛的主，願祢今晚降福給這塊法式鹹派，並且降福給這位特別的、精心料理的教友。阿門。」

「阿門。」

「阿門。」法蘭克附和道，雖然他不懂「阿門」是什麼意思。

牧師咬了食物一口，扮了張苦瓜臉。

「鹹派怎麼樣？」斐麗問她。

「太美味了！」女士撒謊。斐麗做的法式鹹派總是莫名Q彈，而且很難嚼爛。

「牧師，禮拜天教會都好吧？」

「叫我朱蒂絲就好。」

兩位婦女咯咯傻笑，男孩覺得坐在她倆中間很像電燈泡。

「朱蒂絲，禮拜天教會都好吧？」這回噴嚏聲大得多。「朱蒂絲，不好意思，有的噴嚏汁可能灑到妳了。」

「沒關係。」朱蒂絲邊說邊拭去眼中的鼻涕。

「我跟法蘭克很抱歉，錯過主日禮拜了。小克克，快跟朱蒂絲說我們上哪兒去了。」

「參加詩歌競賽。」男孩嘆息道，憶起上個週末，他還是覺得百無聊賴。

「哦，妳的表現怎麼樣？」牧師問道。

「超讚的，」斐麗姑媽答覆。「我得到第九十七名！」

「可喜可賀。第九十七名耶！」

「謝謝。」斐麗自豪地漲紅了臉。

「一共有幾位參賽者啊？」

「九十八位。」法蘭克代答。

「哦，那不錯啊。」朱蒂絲試著往好處著想。

「有位女詩人因爲咬另一位參賽者而被取消資格，」斐麗補充道。「她宣稱對方偷了她的韻腳。她居然拿**醃黃瓜**跟**電臀**押韻。」

「我的老天爺啊。」朱蒂絲說。突然間她似乎再也受不了這塊鹹派了。

「那是整首詩唯一的亮點。」法蘭克志得意滿地笑。

「**才怪，沒那回事！**」斐麗厲聲駁斥。「妳也可以想像，新詩協會對於咬人的行徑採取零容忍的政策。」

「可以想像。」

「啊啾啾啾！」

又是滿滿一整坨的鼻涕飛過餐桌，把牧師淋成落湯雞。

「把鮮花移開好了？」朱蒂絲提議。

「好，還是妳腦筋動得快。法蘭克？幫姑媽一個忙。」

男孩拾起花瓶，移到廚房。

「那麼，主日禮拜來了多少信眾？」斐麗問道。

牧師對於回答猶豫再三。「只來了一個。」她咕噥道。

「那不錯呀，朱蒂絲，至少還來了一個。」

「不是啦，我就是唯一來的那個。」牧師答覆。

「這怎麼成？」

「的確，這怎麼成？」

法蘭克回到飯廳宣布：「跟妳們說，以後我跟爸爸每個禮拜天都會上教堂……」

兩個大人面面相覷，臉上寫滿擔憂。這孩子在胡說八道什麼啊？他的父親要服十年刑期呢。短時間內哪有可能做主日禮拜？

「……只要妳們幫我救他出獄。」

45

錦囊妙計

「我可是堂堂牧師欸！」牧師驚呼。

「我可是堂堂圖書館員欸！」圖書館員驚呼。「說什麼都不行幫你爸『逃獄』，對，這個詞應該是這麼用的。」

「先聽我把話講完好嗎？」男孩說。法蘭克滔滔不絕地把事情的來龍去脈向兩位年長女士交待。像是爸爸如何向那個大人物壞蛋借錢，高利貸又如何如滾雪球般愈欠愈多。他的父親如何受對方拐騙，參與搶案。爸爸又是如何在審判庭上保持緘默，免得大人物的爪牙芬格和桑姆拿他的兒子開刀。男孩以一句話總結：「法官有眼無珠。我爸不是個壞爸爸。他是個只做過一件壞事的好人。他會鋌而走險，都是爲了怕我受傷。爸爸不該坐牢的。我們必須幫他逃獄。」

兩位女士默不作聲、面面相覷。率先開口的是朱蒂絲牧師。「無庸置疑的是，你的父親受了天大的冤枉。但願我們能做點什麼，撥亂反正。」

「但是，朱蒂絲，恕我直言，以牙還牙是不可取的！」斐麗說。接著女士轉頭面向法蘭克。「我很抱歉，但你要我們參與的是一件天大的錯事。我向你保證，十年在你不知不覺中就過完了。」

男孩聽了勃然大怒。「**十年**！**十年**？十年後我就二十一歲了。都要變老人了！」

法蘭克起身，把椅子翻倒。

「斐麗姑媽，我就跟妳實話實說吧。我**超討厭**法式鹹派！超討厭詩歌！我要我爸爸回來！妳不肯幫我的話，我就自己來！」

法蘭克衝出飯廳，跑上樓回他的臥室。

「小克克！」斐麗在他身後呼喚。

男孩重重摔門，往他的粉紅小床上倒，兩條腿懸在床尾。他可以聽見兩位女士在樓下交談。法蘭克從床頭櫃拾起一個空玻璃杯。他溜下床，把玻璃杯貼在地板上，再將耳朵貼著玻璃杯，好聽清楚她們的談話內容。

「那兩個雜碎啊，全鎮都被他們恐嚇光了，」朱蒂絲說。「一定要阻止他們的惡行。他們連教堂的黃金聖餐杯都偷。」

「太惡劣了！我在法庭上曾和他們正面交鋒。非常齷齪的雙人檔。」

「要男孩的父親爲他們的罪行付出代價很不公平。」

「亡命飛車是他開的，這妳忘啦？這項罪名怎樣也無法洗刷的，吉伯特的確犯了一項重罪。」

「可是他這麼做都是爲了保護他的兒子啊！」

「真是剪不斷理還亂。不過，要是我姪子真的試圖逃獄，他肯定會被直接抓回監獄。然後被判更長的刑期！」

「但我們總不能坐以待斃啊。」

「要是有辦法把那些贓款還回去就好了。」

有了！

男孩靈機一動。他能幫父親的就是這個：把贓款還給銀行。錢沒丟的話，怎麼能判爸爸有罪？

法蘭克興奮地直發抖，震顫地寫下他的錦囊妙計。

錦囊妙計

1. 闖進大人物的鄉間豪宅。
2. 從大人物的保險箱偷走五十萬英鎊。
3. 闖入銀行。
4. 把五十萬英鎊放回銀行的金庫。

這個計劃簡單卻又妙不可言。問題只卡在一件事，那就是男孩完全不曉得該怎麼把計劃付諸行動。法蘭克只知道單憑自己的力量絕對無法完成，他必須找個大人助他一臂之力。可是要找誰呢？

46 一道謎語

法蘭克知道有個人能給他一點建議，那就是地方上和藹可親的報攤老闆。

叮噹！

「啊，我最喜歡的客人上門了！」一見到男孩，拉吉就高聲嚷道。報攤老闆努力以平常樂天的形象示人，卻難掩眼底的一抹哀傷。男人正在掃地板上的玻璃碎片。有人把他店鋪的前窗砸破了。

「拉吉，你還好嗎？這是怎麼回事？」

拉吉從櫃台拾起一塊磚頭。「半夜有人朝我的窗戶砸磚頭。上面還附了一張字條。你看。」

字條上寫著：

一星期要付我們兩百英鎊，不然下次磚頭砸中的會是你。

「芬格和桑姆？」法蘭克問他。

「不然還有誰？」

「一定要遏止他們的惡行。」

「是是是，我知道。我只是不曉得要到哪裡籌錢。」

「不好意思，我今天身上沒帶錢。」

「小少爺，不要緊。我知道你老爸在坐牢，你日子不好過。」拉吉用臂膀摟住男孩安慰他。「自己來，在我店裡拿什麼，統統算你免費。」

「免費？」法蘭克不敢相信他的耳朵。

「對，愛拿什麼，就拿什麼。」

「**哇**！拉吉，謝謝！」

「價錢上限**八便士**。」

「哦。」男孩掩飾不了內心的失望。他拾起目光所及最小的一條巧克力棒。

「年輕人，那個**十便士**。」

「哦。」

「麻煩遞給我，」拉吉一邊說，一邊打手勢。男孩聽話照辦。接著，拉吉拆開包裝紙，從末端咬掉一小塊，再還給男孩。

「我咬掉**兩便士**了。拿去，現在扯平了。」

「拉吉，謝謝。」法蘭克餓到顧不得巧克力棒留有拉吉**黏呼呼的口水**，幾秒鐘就興高采烈地吃光了。「你知道嗎？我爸不是真的壞人。」

「我相信你，你老爸是個好人。」

「壞事是芬格和桑姆逼他做的！」

「這也說得通。你可憐的老爸在蹲苦窯，他們恐嚇鎮民就更加肆無忌憚了。」

「我實在忍無可忍。」

「可以想像，來顆免費的口嚼糖。」

「謝了，拉吉，」法蘭克一面道謝，一面把覆盆子口味的跳跳糖塞進口袋，留待之後吃。「我爸背債背得喘不過氣，欠債連本帶利如滾雪球般一發不可收拾。他欠錢也只是為了我，現在我說什麼都要救他。

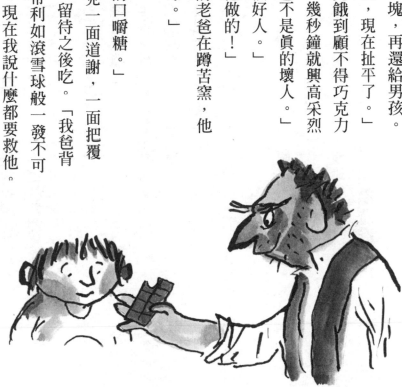

我只要從原先搶劫的男人那裡偷走**五十萬英鎊**，然後歸還銀行就好。」

拉吉沉思默想。「如果銀行沒有損失，法官說不定就會釋放你老爸了。」

「我就是這麼希望啊！」

「問題是你要怎麼偷錢，再把錢歸還銀行啊？」

男孩低頭凝視地板。「我完全沒概念。」

「哦，」報攤老闆回答。「很抱歉，我也想不到辦法。」

「我唯一知道能幫我忙的就是我爸。」法蘭克說。

「這個嘛，你可以等十年後他出獄了再幫你囉。」

法蘭克望著報攤老闆。當然不會有人那麼傻。「拉吉，那有意義嗎？到時候他就服完刑了。」

「哦，對吼。我眞呆耶！」報攤老闆甩自己一個耳光。

「要把我爸救出監獄，我得把他救出監獄。」

拉吉一臉困惑。「聽起來像一道謎語，不過，沒錯，你說得對。問題是你爸被關在全國戒備最森嚴的監獄。一百年來都沒人能從**狼腐監獄**逃出來。」

「真的假的？」

「狼腐是專門用來關最窮兇惡極的罪犯。」

「不公平啊！」男孩驚呼。「我爸不該被關在那裡，沒有他的日子我好難過。害我現在得跟他的姑媽『斐麗姑媽』住。」

拉吉頓時記起什麼。「今天早上斐麗姑媽有來我這兒，她問我有沒有賣鵝肉。」

「鵝肉？」

「她說她想做法式鹹派。」

「慘了，原來我晚餐要吃這個。」

「我跟她說，她去池塘抓說不定比較快。她以前從沒到我店裡光顧過。」

「那你怎麼知道她是斐麗姑媽？」男孩問他。

「她跟你老爸簡直是一個模子刻出來的。她當然年紀較長，又是女性；不過我一眼就看出他們很像。跟你一樣有對招風耳。不要介意哦！」

「沒關係！」男孩撒謊。

「我問她是不是跟你爸有血緣關係，然後她就解釋給我聽啦。**在我看來，說他們是雙胞胎我都相信！」**

吉伯特和斐麗姑媽

小眼睛
招風耳
肥到會晃
的大肚腩
小小的手
袖珍的腳
小眼睛
招風耳
肥到會晃
的大肚腩
小小的手
袖珍的腳

法蘭克皺起一張臉。「你這麼覺得哦？」

「幫你爸戴副眼鏡，看起來就跟她一模一樣啦！」

「哈！哈！」男孩咯咯傻笑。此時他瞪大眼，因爲計劃在他心頭有了譜。

「拉吉，你眞是個天才！」

「是嗎？」

「你是！」男孩開心到想要跳舞。他緊抓住拉吉，在他正在掉髮的禿頭上用力一吻。「謝謝！謝謝！謝謝！」

「我做了什麼？」報攤老闆困惑不解。

「拉吉，對不起。請容我暫時保密！」

叮噹！

男孩蹦蹦跳跳地回到大街。現在他只要說服斐麗姑媽跟他爸交換身分、換她坐牢就好。**這有什麼難的？**

47

鵝肉是打哪兒來的？

「不行！」斐麗姑媽吼道。「不行！不行！門都沒有！百分之百不可能。」

「所以妳不答應？」法蘭克問她。

「對！不行就是不行！現在給我把鵝肉和醋栗鹹派吃完。」

他倆坐在斐麗姑媽小屋子的餐桌前。男孩依稀感覺他的姑婆不會喜歡和坐牢的爸爸交換身分，但他還沒打算放棄。

法蘭克咬了一口法式鹹餅，它嚐起來一如往常地難吃。「斐麗姑媽？」

「怎樣？」

「妳鵝肉是打哪兒來的？」

女人臉色羞怯。「店裡買的囉。」

「哪家店？」

「鵝肉店。」答話的她迴避他的目光。她慌張地從桌前起身，走進廚房。

這正是法蘭克把剩餘的法式鹹派扔出窗外的大好時機。

咻～啪

嗒！

不幸的是，法蘭克剛沒察覺窗戶是關著的，於是法式鹹派就這麼從玻璃窗流淌而下。

「糟糕。」男孩埋怨一聲，跑去窗畔，試著用衣袖把窗戶上的鵝肉、醋栗和餅皮給清乾淨。然後他把空盤送進廚房。

「斐麗姑媽，這派好吃到我齒頰留香。」法蘭克撒謊。

聽到這番話，女士心一軟。從沒有人讚美過她做的法式鹹派。「哦，謝謝。要不要再來一點？」

「拜託不要，」男孩答得有點太快了。「我吃得好撐哦。妳料理了這麼一頓美食，堪稱妳下廚以來前五十名的法式鹹派。好啦，快別忙了，今晚洗碗的活兒就交給我吧。」

「真是個好孩子。謝謝，那我來擦碗盤。」

法蘭克站在洗碗槽前開始洗碗。他很清楚，如果要讓姑婆上鉤，手段必須非常柔軟。「牧師這個人很睿智，對吧？」

「是啊，一點也不錯。」

男孩將剛洗好的餐盤遞給姑婆，並說：「妳再邀她來家裡吃飯嘛。」

「再看看吧。」斐麗回答。

「幹嘛不行動？」

「不曉得欸，害怕吧。」

「怕什麼？」

「怕我跟她之間接下來可能會發生的事。法蘭克，你要知道，我很喜歡她。非常喜歡她。」

「這個嘛，一定沒什麼好怕的啦。」

女士哀怨地嘆了一口氣。「我的人生自始至終都被恐懼操控，可能這就是爲什麼我從沒接過吻吧。」

「或許吧，不過現在似乎是改變的最好時機哦。」

男孩讓這個主意在斐麗姑媽的心頭沉澱。

「那麼，到底要我跟你父親交換身分多久呢？」她試探性地問。

「一晚就好，」男孩一派輕鬆地回答。「在監獄待上一晚。不妨想成是在度假。爸爸出獄之後，我跟他就可以把贓款從大人物那裡偷回來，再還給銀行。然後，隔天早上你們兩個就能換回來了。」

「隔天一大早就換？」
「對，一大早就換。」
「聽說監獄裡的早餐不太好吃。」
「早餐也不是非吃不可。」
「這我就不知道了。」
「把它想成一趟**冒險**。」
「我這輩子從沒**冒過險**。」
「那麼展開冒險的時候到了。到時候朱蒂絲把妳視爲英雄，我也不會意外。」
「你這麼認爲嗎？」
「一定的。」
斐麗深吸一口氣。「小克克，我這輩子做過最刺激的事，就是向某人討罰金二十三英鎊，因爲他向圖書館借書逾期未還一年，」她坦承道。「這實在太……」

「**驚心動魄？**」男孩幫她接話。

「對，沒錯！**驚心動魄！**」女士容光煥發。「只是**驚心動魄**，還不到**驚天動地**的程度！法蘭克，這太瘋狂了，不過算我一份！」

「**好耶！**」

48

狼腐監獄

探監日是每個星期六，法蘭克巴不得那天早點到來。**狼腐監獄**是一棟巨大醜陋的建築物，外面有一圈巨大醜陋的圍牆。探監的時間很嚴格，長長的人龍沿著圍牆蜿蜒，法蘭克和斐麗也加入隊伍。隊伍中有穿內搭褲的孕婦、

剛會走路的尖叫幼童、淚汪汪的母親、長相嚇人的平頭男，以及長得更嚇人的平頭女。

斐麗手裡捧著用烤盤裝的、剛出爐的法式鹹派，梅子鴿口味，是要送給法蘭克父親的禮物。

問題是她神經緊張、疲憊不堪，手中的烤盤彷彿裝了一百隻活蹦亂跳的青蛙，嘩啦嘩啦地抖個不停。

嘩啦！嘩啦！
嘩啦！嘩啦！
嘩啦！嘩啦！

「斐麗姑媽，想辦法不要一直抖啦！」法蘭克斷聲說。「大家都在看欸。」

女士環顧四周，發現幾百雙眼睛正在回望她。就連尖叫的幼童也暫時停止尖叫，對她**瞠目結舌**。

「沒什麼好看的啦！」斐麗姑媽宣布。她這麼一嚷，把自己搞得好像有罪或腦袋不正常，更糟的是，可能兩者皆然。**「烤盤裝的只不過是鹹派罷了。別理會我！」**

法蘭克從她手中奪走烤盤。

「保持鎮定就對了，」男孩要她寬心。「這項任務**易如反掌**。」

「**易如反掌？**我已經一整個禮拜沒闔過眼了！」

斐麗整個早上都在修剪頭髮，好讓髮型盡可能跟姪子雷同。女士也換上她最**長**、最**飄逸**的洋裝，但願男人塞得進去。

他們計畫在適當的時機，法蘭克要把法式鹹派扔到地上，然後斐麗跟爸爸會七手八腳地鑽到桌子底下撿碎屑，但實際上是忙換裝。如果一切都按照計畫走，屆時爸爸便會扮成斐麗姑媽的樣子離開監獄，而斐麗姑媽則會扮成爸爸待在監獄。怎麼可能出差錯呢？

「烤盤裡是什麼？」這對婆孫檔走進會客室時，獄卒高聲咆哮。他的名牌上寫著：**史威佛先生。**實在很難不注意到他，因爲他有顆凸起的玻璃眼珠，他講話的時候就在他的腦袋骨碌碌地轉。

「是發發發發……」斐麗姑媽緊張到答不出來。

獄卒盯著女士。「發發發什麼？」

「長官，史威佛先生，是法式鹹派啦！」法蘭克邊說邊將烤盤打開，證明他所言不假。人們常試圖把東西偷帶進監獄，例如：酒、手機、武器和形形色色的玩意兒，所以每樣東西都要經過檢查。史威佛先生把鼻子探進烤盤，聞了聞法式鹹派，臉上立刻蒙上一層**綠**。

「這到底是什麼玩意兒？」他質問道。

「梅子配鵝肉。」斐麗驕傲地回答。

「噁！」史威佛先生說。「往前移動！動作快！」

婆孫倆**拖**著腳走進會客室。房間裡灰撲撲的一片：灰灰的牆、灰灰的家具、灰灰的人。身穿灰色連身囚服的爸爸坐在會客室的彼端。一見著兒子，他立刻熱淚盈眶，從椅子上跳起來。男人看起來既欣喜又哀傷。

「兄弟！」他哭喊道。

「爸！」法蘭克驚呼一聲，張開雙臂奔向男人。

他們抱得好緊好緊，誰也不想分開。

「兄弟，我好高興見到你啊，」爸爸抽著鼻子說。

「我更高興見到你，我好想你哦。」然後，男孩壓低音量：「爸？」

「怎麼啦？」

「接下來要發生的一切或許很怪，但你一定要相信我。我現在要救你出獄。」

「出獄？」

「爸，你小聲一點啦。」男孩低聲說。

「不好意思。」

「你一定要相信我，而且完全照我說的做。」

斐麗姑媽如今趕上這對父子，站在法蘭克的身後。「午安。我為你做了法式鹹派。」她態度頗爲生硬地說。

「哦，斐麗姑媽，謝謝妳啊。」爸爸說，臉上流露痛苦的表情。姑媽難吃的法式鹹派，男人從小吃到大，能活到現在算他走運。

「我們坐著聊好嗎？」男孩說；獄卒正繞著圈，目光緊盯每個人。

等史威佛先生一離開聽力範圍，法蘭克便輕聲說：「我馬上要把法式鹹派扔到地上。到時候它會裂開。你跟斐麗姑媽就鑽到桌底下撿碎屑，但其實你們眞正要做的是換裝……」

「換什麼？」爸爸問他。

「爸，相信我。然後我跟你今晚就把贓款還給銀行，這樣你就不用再回來坐牢了。」

「兄弟！」爸爸眼睛一亮。「你眞是個**天才**，虎父無犬子啊！」

「你是**天才**的話，還會落到蹲苦窯嗎？」斐麗姑媽幫倒忙地說。

男人瞥了姑媽一眼。

「行動還沒開始就起內鬨啦！」男孩說。他雙手捧著法式鹹派，「我要扔到地上囉，三、二、一……」

鹹派沒碎。反而**彈回來**了，法蘭克接住往上回彈的鹹派。

ㄉㄨㄞ！

「妳到底在這玩意兒裡加了什麼料？」爸爸問道。

「這是我的獨家秘方，恕難奉告。」他的姑媽回答。

「再扔一次！」爸爸說。

男孩使出吃奶的力氣，把法式鹹派再往地上扔一次……

ㄉㄨㄞ！

……它依舊直接**回彈**，擊中天花板。

啪嗒！

黏在天花板上了。

「糟了。」法蘭克說。

三個人仰望鹹派。

「現在該怎麼辦？」爸爸問。

「我爬到你肩上好了。」男孩答覆。做父親的很快就把兒子舉起來。

「你們在搞什麼鬼？」史威佛先生質問。

「哦！是我手滑，鹹派沒拿穩！」斐麗胡謅。

「結果黏在天花板上？」獄卒問道。

「這個嘛，因爲是鴿肉口味的，所以可能會飛。」她說。

法蘭克把法式鹹派從天花板撕下來。「現在沒事了，長官，謝謝！」

「你們三個都給我坐下！」史威佛先生下令。

他們照獄卒說的做。但他一轉頭，法蘭克就採取行動。

「試最後一次！」男孩說。

「老天保佑。」爸爸說。

男孩用最大的力氣把鹹派往地上砸。

啪啦！

鹹派碎成一百片。

「**唉呀！**鹹派掉到地上了！」

男孩向會客室裡的眾人宣布。

兩個大人趕緊溜到桌底下。

好戲上場囉！

49

鏘！

正當令人生畏的獄卒史威佛先生愈來愈起疑，納悶這兩個人幹嘛待在桌底下那麼久，斐麗溜出來，一屁股往爸爸的椅子上坐。少了眼鏡，又換上爸爸的連身囚服，她扮起姪子確實入木三分。

接著，爸爸也溜到斐麗的椅子上坐。看到爸爸穿著斐麗出了名的飄逸洋裝，男孩必須強忍笑意。那副眼鏡使他的臉龐變得柔和；從遠處看，他倒和這位年邁的圖書館員有幾分神似。

「兄弟，不要咯咯笑！」爸爸斷聲訓斥。「你會害我們露餡啦。」

「對不起啦，爸。」

「我看起來應該挺酷的吧，」爸爸說。「雖然我什麼也看不到。說實在話，鏡片也太厚了吧！」

「現在我也視線模糊！」斐麗附和道。

爸爸俯視他的雙腳。**「慘了！」**

「爸，怎麼啦？」

「你忘了一件事。我的木腿！」

男孩往桌底下一瞄，只見爸爸木頭打造的腳和腳踝從洋裝的裙底探了出來。

「你們在那裡竊竊私語說些什麼？」史威佛先生一面質問，一面在手裡快速轉動他的警棍。

「史威佛先生，沒事啦。」爸爸回話的音調有點過高。

「史威佛先生，沒事啦。」斐麗回話的音調有點過低。

男孩往下瞥了一眼父親的木腳。

獄卒這下注意到了，他的那顆眞眼珠也將視線移到那裡。**「女士，我印**

象中妳進來的時候沒裝木腿哦！」他咆哮道。

剎那間，會客室的所有人都把目光轉移到角落裡的那組人。

「有啊，史威佛先生！」爸爸答覆。他試圖裝女聲，結果反而有點破音。

「實心橡木！」

「你不是也有裝木腿嗎？」獄卒咆哮，他的眼珠轉向斐麗。

「對啊，家族遺傳！」她答覆。

法蘭克翻了一個白眼。「呃，斐麗姑媽，我們該走囉。」男孩說。他急著離開這裡，免得更多人起疑。

「好的。」女士邊說邊從座位起身。

「我是說這位斐麗姑媽啦！」法蘭克說，並拽起父親的胳臂。

「對耶，當然囉！」女士說。「那我最好回囚房了，雖然不曉得它在哪裡！」

「統統不准動！」史威佛先生吼道。「我來驗明正身，看你有沒有公然說謊。站著不許動！我來瞧瞧你是不是真有條木腿。倘若你說的是實話，我這麼做你應該一點都不痛！」

斐麗姑媽站著不敢動彈，法蘭克跟父親忐忑不安地旁觀。史威佛先生轉動手裡的警棍，然後狠敲女士的腿一下。

鏘！

值得嘉許的是，斐麗沒痛得叫出聲。她只是噘起嘴，英勇地忍住了。這樣足以說服史威佛先生。

「**那你滾吧！**」他咆哮道。

斐麗姑媽痛得走起路來一瘸一拐，但這只是更加營造她裝木腿的假象。由於沒戴眼鏡，她迎頭撞上獄卒。

「哦，我真蠢啊！」她說。

法蘭克抓著父親的胳臂，將他匆匆帶出會客室。父子倆剛走到門口，路就被一個虎背熊腰的男人擋住。

「**哎喲**！抱歉！」撞到彪形大漢的男孩連忙道歉。他抬頭一看，看見他再熟悉不過的面孔。

是桑姆。

50

七兄弟

桑姆身邊帶了兩個長相絕非善類的男孩。他們有著小孩的體型，可是臉孔相當冷酷、鐵石心腸。

「是你啊。」桑姆咆哮。

「對，是我。」法蘭克答覆。「呃，我是很想留下來跟你閒聊啦，但是我們有事必須先走。走

吧，斐麗姑媽。」他拉了拉父親**飄逸**長洋裝的衣袖。

「吼！」兩個男生對法蘭克和這個長相奇特的女人咆哮，並且攔住他們的去路。

汗水使爸爸的眼鏡蒙上一層霧氣。看得出來他很緊張。桑姆該不會認出他了吧？

「麻煩讓一讓。」法蘭克說。

「阿威？大熊？」桑姆叫道。

「桑姆伯父，有何吩咐？」他倆異口同聲地說。

「我跟你們說的小孩就是他。你們玩的賽車跑道組就是他的。」

法蘭克臉色一沉，他全世界**最鍾愛**的玩具原來落到他們手裡了。

「這個嘛，看來它給好人家收藏了，也算是有個不錯的歸宿。」法蘭克撒謊。

「哈，我們把它給**砸**壞了。」阿威得意洋洋地說。

「然後把它**吃**掉了。」大熊補了一句。

「希望你們沒得腸胃炎。」法蘭克說話的口氣像是**巴不得**他們腸胃炎。

接著，桑姆把注意力轉向試圖躲在法蘭克背後的、異於尋常的女士。**「妳是誰呀？」**他吼道。

「哦，她是我爸的姑媽啊！」法蘭克插嘴道。「斐麗姑媽。你在我爸的審判庭上見過她，還記得嗎？」

虎背熊腰的男人低頭望這位「女士」。「妳看起來不太一樣。」

「上次見面是幾星期前的事了，現在我又老了一點。」爸爸盡最大的努力裝出斐麗姑媽的嗓音，歡快地說。

「應該趕快找一天揪你們出來玩！」法蘭克說。「對了，桑姆。非常感謝你這次沒把拇指塞進我的耳朵。好了，斐麗姑媽，我們走吧。**現在就得走了。**」

父子倆繞著這三個人。

「這個女人有點不對勁。」桑姆咆哮道。

「她醜到跟老媽有得拚耶。」阿威說。

「哪有人能醜過老媽？」大熊補了一句。

法蘭克跟父親頭也不回，用最快的速度穿過長廊，但那條木腿拖慢了爸爸的腳步。

「上次見到妳，妳可沒跛腳。」桑姆喊道。

「用跑的！」法蘭克斷聲說。

他們一拐過轉角，他便開口問：「爸，你覺得桑姆發現是你了嗎？」

「不知道。他雖然笨到極點，六個兄弟卻都關在牢裡，所以監獄上上下下都有他的耳目。斐麗姑媽最好罩子放亮點。」

桑姆的兄弟是：

蜘蛛：他的臉上有蜘蛛網的刺青。想必在當時是個好主意。

大猩猩：大猩猩從不洗澡，聞起來就跟類人猿沒兩樣。他身上散發的臭氣足以把一百公尺外的成人熏昏。

鬃刷：他之所以得到這個稱號，是因爲他全身上下長滿了鋼絲般濃密的黑毛。他會像一個巨無霸鬃刷，把受害者刮到痛死爲止。鬃刷是阿威和大熊的父親。

架子：這位兄弟有個大屁股，像張架子往外凸。又大又**重**，只要坐在敵人身上就能把對方給活活壓死。

指關節：他在每根手指頭都戴了超大的金戒指，揮出的重拳也更加致命。

疣：他的臉上佈滿成千上萬個疣，不過「疣」的長相在整個家族來說已經算好看的了。

法蘭克和父親一溜煙地穿過監獄高聳的大門。

「成功了！」爸爸說。

「千鈞一髮，」法蘭克答覆。「可是現在沒時間浪費了。」

逃獄算是暖身賽，眼前還有史詩級的任務等著他們完成。

51 汽車的墳場

法蘭克和爸爸在公車後排找到了空座位。男孩一確定沒人聽見他的聲音，便馬上把他的計畫一股腦兒對父親說。從大人物那裡偷走**五十萬英鎊**再放回銀行是個膽大包天的陰謀。等法蘭克講到尾聲，爸爸頓時喜上眉梢。

「兄弟，太神了！」

「爸，謝了。」男孩自豪地眉開眼笑。

「只是有個問題。」

「什麼問題？」

「我們得找來一輛車，才能執行你的計畫。」

「**女王號**？」

「我們就屬現在最迫切需要她了。」
「她還在我們當時停放的田野嗎？」
「不不不，條子一定老早就把她拖吊了。」
「那她會在哪兒呢？」
「被拿去當破銅爛鐵變賣了吧。」
「破銅爛鐵？」
「是啊，不過那個老姑娘生命力旺盛。我只祈求找到她的時候，一切還來得及。」
「我也希望。」
「等我們回家以後，我把這身洋裝換掉……」
「爸，洋裝跟你挺配的，這是我個人的觀察啦。」法蘭克開起玩笑。
「兄弟，不好笑。走吧，要下車了！」
廢料場簡直是汽車的墳場。大多數汽車的狀況，看樣子是修也修不好了；引擎罩被壓爛、輪胎不見了、車身鏽成了褐色。

一台龐然大物般的怪手聳立著，用它巨大的爪子抓起汽車的車頂，然後將車子舉到半空中，再扔進**超大的**壓碎機。無論車子有多大，都會被這台機器擠壓成微波爐大小的磚塊。

要在成千上萬台汽車殘骸中尋得**女王號**談何容易，但是他們非找到她不可。迷你車陪伴法蘭克和爸爸這麼長一段歲月，她儼然成了家裡的一份子。他們搜尋廢料場的同時，小男孩放聲呼喚汽車的名字。

「女王？」

「哈哈！她又不是狗。不過說不定會管用哦！」爸爸說完也跟著叫。「女王？」

「女王？」

「女王？」

「女王？」

他們經過一排又一排的汽車殘骸，法蘭克發現其中有許多台都是警車，無疑是他們上回瘋狂歷險記的傑作。心煩意亂的他，沒注意到怪手有點不對勁。它慢慢地、**隆隆地**駛向父子倆，愈來愈近，愈來愈近。如今，有台老舊的賓利車懸在他倆頭頂，這台大車肯定重達一噸。車子的陰影罩頂。法蘭克突然感覺變冷，天色也暗了下來。

「爸？」
「兄弟，怎麼啦？」
「你抬頭看！」

說時遲那時快，怪手鬆開利爪。巨大的賓利車在眨眼間從天而降。

「小心！」爸爸放聲大喊，把兒子推開。

砰！

賓利車墜落地面，砸中了爸爸的腿。男人雖然動彈不得，卻保持異常冷靜。

「**爸**！你怎麼吭都不吭一聲？」

「是我的木腿啦！不會痛的那根。」

「我拉你出來。」

男孩使出吃奶的力氣把爸爸從爛車底下拖出來。

「你的義肢怎麼樣？」法蘭克問道。

爸爸檢查毀損的情況。「裂了幾條縫，反正可以換新的！」

法蘭克感覺他們周圍的空氣在**飛快**移動。他抬起頭，只見怪手的爪子直撲而來。

「爸！」

父子倆滾到一旁，利爪刨開地面。

砰！

「誰在開怪手？」男孩問道。

爸爸抬頭瞥見坐在怪手駕駛座的男人，那**陰險**的笑容化作灰他都認得——是芬格。

「一定是被桑姆識破了，他跑去通知芬格，」爸爸說。「他們要來追殺我們了！」

「那快逃吧！」法蘭克說。

「我們得先找到**女王號**！」

父子倆手忙腳亂地爬起來，以跑百米的速度拐過轉角，怪手的利爪朝著他們俯衝而下。

「找到了！」法蘭克驚呼。他瞧見這位老姑娘的引擎罩從一長排的破銅爛鐵探出頭來。女王號顯然不是處於她的顛峰狀態。撞樹倒坍，又被大雨沖掉一半的黃色顏料。擋風玻璃被砸爛了，車前燈爆裂，車頂也被撞凹。法蘭克和父親奔向他們的老姑娘。

「回家的感覺眞好。」爸爸邊說邊溜進駕駛座，再轉動插在鎖孔的鑰匙。

轟

隆

隆！

引擎一如以往轟鳴。

「咱們走！」爸爸說；車子從廢料場一溜煙地開走。

啪！

法蘭克抬起頭。怪手的利爪穿過汽車車頂，不費吹灰之力就把迷你車給夾起來。

「不好了！」男孩尖叫著，任憑小車如七葉樹的果實在空中擺蕩。

咻咻咻咻！

轉瞬間，法蘭克和父親便被移到壓碎機前，只見它咧著一張恐怖的金屬大嘴。父子倆看得出來怪手駕駛座上的芬格，如豺狼虎豹般奸笑。

「兒子，身體往前晃！」

爸爸吼道。

於是父子倆將體重前傾，

這時怪手也鬆開利爪，任汽車

墜落。

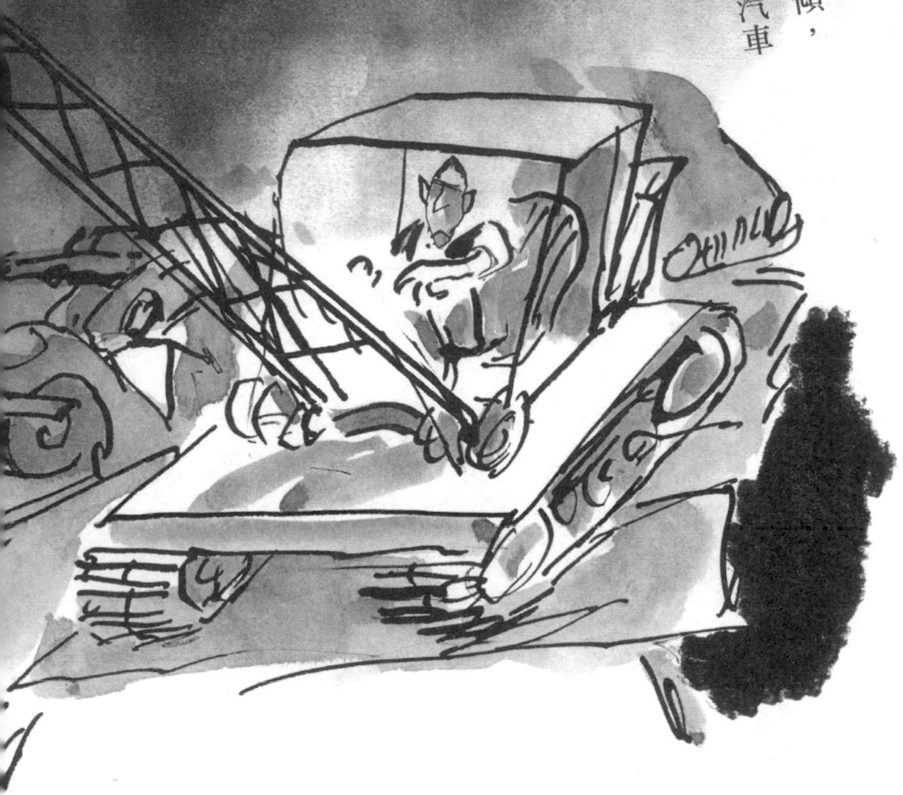

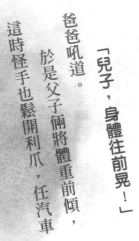

QUEENIE

「抓緊了！」爸爸說。

咻咻咻！

車子有如自由落體。

「啊啊啊啊啊！」男孩驚聲尖叫。

52

壓碎機

女王號落在壓碎機的邊緣。

砰咚！

她在悠關生死的關口左搖右晃，法蘭克和父親命懸一線。

「身體再往前晃！」爸爸高聲下令。父子倆將重心前傾，汽車順勢從壓碎機的緣口滑到地面。

哐啷！

接著，爸爸將油門用力一踩。可是**女王號**一往前衝，怪手的爪子就伸進它剛破壞的車頂。

「坐穩啦！」爸爸對兒子說。男人使出手煞過彎，讓車身瘋狂**旋轉**。

利爪這下把**女王號**的車頂給徹底扯掉了。就像打開沙丁魚罐頭那樣輕而易舉。

「我一直希望**女王號**能有個天窗。」爸爸邊說邊開車衝破鐵絲網……

啪嗒！

……疾速駛離廢料場。

轟隆隆！

怪手依舊陰魂不散，它的履帶嘎扎嘎扎地緊追在後。

前方有個標示寫著**「矮橋」**。父子倆會心一笑，隨車飆風而過。**女王號**咻地一聲**鑽**過橋下。法蘭克爬上座椅，把頭探出新開的天窗往後看。怪手太**高**了，應聲**撞**在橋上。

磚頭撞得四飛五散。

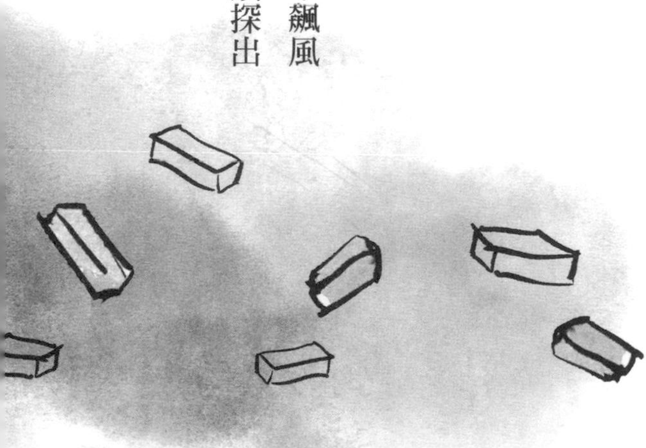

怪手宛如一隻搖搖欲墜的霸王龍，嘎嘎響地停了下來。

法蘭克在遠處遙望，看見芬格跳出駕駛座，踹了孱弱的怪手一腳，然後痛得臉部抽搐。

「第一站，大人物的家！」男孩的叫聲蓋過迷你車引擎的隆隆作響。

轟隆隆！

53

幽深的恐懼

要搶錢歸還銀行的父子倆先把**女王號**藏在灌木樹籬，再用步行的方式完成前往大人物鄉間豪宅的最後一哩路。天色已暗，萬籟俱寂，他們只能聽見自己的腳步聲在溼漉漉的馬路迴盪。

法蘭克心裡很害怕，卻又不想承認。

「爸，我來牽你的手。不然你跌倒可就不好了。」他撒謊道。

「兄弟，謝了。」面露懼色的男人答覆。

比佛官邸的四周圍了一道石牆。

「你的木腿可不可以借我一下？」男孩問道。

「等等要還我哦。」

「好啦，好啦，爸，我一定會還！」

男人一拆掉木腿，法蘭克就把它倒過來，拿腳的部位當鉤子往石牆一掛，再抓著木腿爬上牆。等到站在牆頭，法蘭克便將木腿垂下去，把父親拽上來。接著，父子倆再跳進底下的大花園。法蘭克保持安全距離，遙望官邸。

「如果我記得沒錯的話，大人物的書房一定是有挑高大窗戶的那間。跟我來。」男孩胸有成竹地說。

「兄弟，我還有件事。」

「爸，什麼事你說。」

「把木腿還我好嗎？」

「我記性好差！」男孩說。

等爸爸把義肢裝回去，他們便立刻上路。

毫無意外的是，比佛官邸的門窗都上了鎖。大人物靠竊盜致富，但別人休想從他手中偷走半毛錢。

「鎖了、鎖了、全都鎖住了！」爸爸咒罵道。

「木腿可以再借我一下嗎？」

「這次又要幹嘛？」

「破窗而入？」男孩提議。

「兄弟，這樣會把大家都吵醒的。」

法蘭克沉思片刻。「爸，大人物養了兩隻**肥**貓，你還記得嗎？」

「記得！名叫羅尼和瑞吉的可怕動物。那又怎樣？」

「養貓就一定有給貓進出的小門！說不定我身子夠小，鑽得進去。」

「可以試試看！」

法蘭克繞到官邸後面，在廚房門底找到一個小活板門。

「兄弟，這樣真的好嗎？」爸爸說。「每扇窗都從裡面上了鎖，這樣我進不去。讓你一個人在大人物家裡闖蕩，這太危險了。」

「我不怕，」男孩撒謊。「你在外面可以幫我盯梢，官邸有燈亮起就警告我。」

「好吧，但你要怎麼開保險箱呢？」

「管家輸入密碼的音調我還記得。**嗶！剝！嗶哩！剝囉！**」

「你想得眞周到。好吧，那你去吧，但是，兄弟，最後一件事……」

「爸，你說？」

「凡事小心。」

男孩點點頭，用雙手和雙膝爬行。雖然很擠，他還是鑽進小門了。

啪嗒！啪嗒！

進了官邸後，幽深的恐懼便降臨在男孩身上。如今他獨自待在犯罪首腦陰森森的家中，準備從壞蛋這裡偷走**五十萬英鎊**。這項任務如履薄冰。

在廚房地板**爬**行的法蘭克聽見鼾聲。

「**呼嚕！呼嚕！**」

男孩瞄向角落的籃子。羅尼和瑞吉蜷成一團，睡得香甜。法蘭克踮起腳尖經過，再踏進走廊。走廊要比足球場還長，兩邊點綴著房門。哪一扇才是書房的房門？法蘭克發覺自己毫無頭緒，頓時感到反胃。他不曉得自己是走過頭了或者還沒到。

法蘭克試著轉動幾個把手，發現全都上了鎖。最後找到一個沒上鎖的，男孩盡可能又輕又緩地把門打開。房間裡一片漆黑，只有一個小紅光點。男孩感覺有什麼東西很刺眼，又灼燒他的喉頭。那個紅點在發光。原來是雪茄的菸頭。

桌燈咯噠一聲打開，強光射入男孩的眼睛。

亮光照得他直眨眼。這時傳來一個聲音：「**你瞧瞧，這不是我們的小小偷嗎？我一直在等你。**」

是大人物。

54

騙子

「小法蘭克，你很令我刮目相看，」**犯罪首腦**開頭先誇他一番。「竟敢在午夜時分擅闖我家，你這個孩子正合我的意，一定要搬來跟我還有你媽住。我可以當你最稱職的父親，好好栽培你，把我會的一切統統傳授給你。你會成爲跟我一樣的**犯罪首腦**。總有一天，這一切都屬於你。」

「我才不屑咧，」男孩嗆他。「這些我統統不要。」

「不要才怪，」大人物輕笑著說。「這是每個人的夢想。你想想看，你專屬的游泳池、自己的僕人。我的超跑車隊也隨你開，在我的地盤馳騁。**加入我吧……**」男人伸出手說。

「不要！絕不可能！」

「沒有人敢拒絕大人物。」

「你所擁有的一切，都是建築在傷害他人的基礎。**你知道嗎？你跟我爸比還差遠了。**」

「是嗎？」大人物傾身向前。「這倒提醒了我，那個可悲的傢伙上哪兒去了？」

男孩依稀認出父親站在大人物身後那扇窗外。法蘭克的眼神不敢飄過去，免得露餡。

「他當然在監獄囉。今晚我來這裡的事，他毫不知情。」

大人物暗自竊笑。**「哈！哈！**你不只是小偷，還是個騙子。」

「我才不是騙子！」

男人從座位上起身，不過站起來也沒比坐著高多少。他拿檯燈照男孩的臉。

「桑姆帶他姪子到監獄探視他的兄弟，說在你們離開的時候行跡可疑。芬格在外面的車上待命，一路跟蹤你們到廢料場。你們在那裡找回那台破爛小車。兒子，你說！你在打什麼如意算盤？」

「我不是你兒子！」

「快說啊。」大人物愉悅地說。

「我不說！」男孩吼道。

大人物暗笑。這個壞心眼的矮冬瓜顯然以這樣激怒男孩爲樂。「說嘛。爹地要知道他的小小偷在搞什麼鬼……」

「你不是我爹地，這輩子都別想了！而且我也不是小偷！」男孩大吼著說，淚水扎得他眼睛痛。「你非要知道，那我就跟你說，我打算把錢偷回來再還給銀行。」

大人物輕蔑地笑了幾聲。「**哈！哈！哈！**你終究還是說了。」

「可惡！」法蘭克說。他居然供出他的錦囊妙計了。

「我活到這麼大把歲數，從沒聽過

蠢成這樣的點子！你是不是腦袋秀逗啦？」男人邊說邊用他又粗又短的手指去戳男孩的腦袋。「不過，你應該不是單槍匹馬吧，小朋友？我問你最後一次，你那個缺了一條腿的爸爸呢？」

大人物深吸一口雪茄，直接朝男孩臉上噴出濃濃的黑煙。法蘭克又是咳嗽，又是噗噗地吐氣。他從眼角餘光瞧見父親正在取下他的木腿。

「我說了，我不知道。」法蘭克回答。

大人物緩緩地搖頭。他取出嘴裡的雪茄，把燃著紅光的菸頭伸到男孩鼻子前。「我一直好言相向，看來我得使出狠招了。」

他慢慢地將雪茄愈移愈近。法蘭克逼不得已，眼神飄到爸爸那一頭。大人物轉頭只見男人在窗外單腳跳，並在頭頂揮舞著他的木腿。

「搞什……？」大人物驚呼。

55

皺巴巴的屁股

大人物來不及多說一個字，爸爸就拿假腿破窗……

劈哩啪啦！！

……木腿用力擊中大人物的腦袋。

砰！

犯罪首腦倒地不起、失去意識。

砰咚！

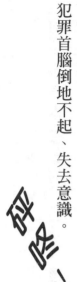

「這樣一定會被人聽見的。」爸爸一邊說，一邊拿他的假腿清窗框上的碎玻璃，好爬進窗內。

「爸，謝謝你救了我一命。」

「樂意之至！我想把那個混蛋打昏已經想好幾年了。」爸爸低頭看那個伸開四肢癱在絲綢小地毯上的矮子。「兄弟，開始行動吧，我們沒多少時間了。」

「我會盡快的。」男孩衝向大人物掛在牆上的本尊油畫。他把油畫移到旁邊，保險箱的電子袖珍鍵盤便躍於眼前。

「**嗶！剝！嗶哩！剝囉！**」他回憶當時保險箱開啓時所聽到的按鍵聲，對著自己默念，然後像在彈鋼琴似地按了幾個數字，試圖聽見正確的音符。

剝囉！剝！

他得記住哪個數字能按出哪個聲音。

剝囉！剝！

就在他感覺快要破解密碼的時候，書房的門啪地一聲打開了。老常這名老管家只穿一條短短的黑色內褲就進了門。他繞著爸爸和法蘭克，嘴裡用中文唸唸有詞，還伸長雙臂，像要使出功夫似的。老常往後退了幾步，以便助跑，然後再縱身一躍。**老人家飛到半空，不停揮動著手腳。**

法蘭克閃到一邊。爸爸也熱心地開了一扇窗，結果老常就直接飛出窗外……

咻！

……**砰地**一聲落在外面的露台！

法蘭克和父親凝視打開的窗外，只見管家臉朝下地倒在地上。

「他撞昏了。」爸爸說。

那條黑色的短內褲掀了起來，老常皺巴巴的老屁股正對著父子倆。

「他該幫自己買幾件睡衣褲。」法蘭克喃喃自語，再回去繼續解保險箱的密碼。

嗶！剝！嗶哩！剝囉！

咔嗒！

他破解密碼了！保險箱的門呼地一聲開啓。

「好耶！」男孩驚呼。

父子檔呆望著保險箱的內部；一時半刻間，誰也沒說話。那個金屬小箱裡存放的錢，比他們想像的還要多，多到數不清。**不過，就算沒上千萬，起碼也有幾百萬。**

「不如全拿了吧？」爸爸問道。「反正逃跑就對了，買艘遊艇一輩子周遊列國。」

這個念頭挺誘人的。有了這筆錢，似乎就有了所有問題的解答。

「爸，這樣好嗎？」男孩反問。「如果全都占爲己有，那我們就跟倒

在這裡的大人物一樣壞。把從銀行搶來的金額拿走，其他分文不取。」

男孩開始數成捆的鈔票，放進他們帶來的塑膠垃圾袋。

爸爸不可置信地搖頭，並懇求他的兒子。「我們私藏一點，好不好？」

「你想當哪種爸爸？**好爸爸**還是**壞爸爸**？」

男人思忖片刻。「有沒有介於兩者之間的選項？」

「沒有！」

「那就**好爸爸**囉！」

「我就知道。」男孩說。

「你看看危機解除了沒。」

法蘭克乖乖照辦，把腦袋探出破窗外。

「爸？」

「怎麼啦？」男人問道。

「你過來看。」

爸爸也來到窗畔。從破玻璃窗框往外望，可看見露台有個人影。是媽媽。她手裡還拿了把槍。

56

手裡拿槍的媽媽

「麗塔，千萬別幹傻事！」爸爸懇求道。

她手裡握了一把槍，而且槍口直指這對父子。

「我還以爲你坐牢坐到**發霉**生青苔了咧。」她愉快地說。

「妳說得對，」爸爸回答。「不過我出獄了，就一個晚上。」

媽媽走近破窗，向窗內凝視。

「你把我的大大怎麼了？」她發現男友張開四肢、癱倒在絲綢小地毯上，便開始興師問罪。

「我拿我的木腿把他敲昏了。」爸爸答覆。

「吉伯特，你一定很樂在其中吧。」她咆哮道。

「麗塔，妳知道嗎？我的確覺得很爽。」

「我不敢相信多年前我居然會愛上你這種人。」她說。

「愛上妳，我倒是從不質疑，」爸爸接話。「不過，麗塔，從前的妳跟現在判若兩人。在大人物出現，拿**金錢**迷惑妳之前。」

「大大知道該怎麼寵愛女人。」

「愛不是用**黃金**和**鑽石**來衡量的。倒在地上的這個男人並不愛妳，妳只是他的另一項**財產**罷了。」

媽媽扳起扳機，準備**開槍**。

咔嗒！

「吉伯特，你廢話說太多了。**現在滾出我家。不過，孩子要留給我。**」

法蘭克感覺恐慌如浪潮般向他襲捲而來，他完全不想跟媽媽和她男友住在這棟豪宅。

「法蘭克，我知道你很氣我一走了之，」媽媽說。「但是我希望你能重回我的生命。」

爸爸注視著兒子。「法蘭克，那**你**想要什麼？」

「你一定想搬來這棟豪宅，跟我和大大過著錦衣玉食的生活，**對不對**？」

「不對。」男孩不假思索地回答。

女人瞬間在男孩面前崩潰。「什麼叫『**不對**』？」

「媽，對不起，但我不想跟妳住在這裡。**一點都不想**。我只想跟爸爸在一起。」

「即使他這個人一無所有？事實上，比一無所有還不如，」她說。

「爸爸擁有我所需要的一切，甚至更多，」法蘭克答覆。「而且他不用拿槍指任何人，好逼我愛他。」

媽媽的臉上浮現深切的哀傷，淚水奪眶而出。她顫抖著把槍放下，跪倒在地。

「法蘭克，我真的很抱歉。是我走錯路了。我做錯了一件事，那就是離你而去，所以也只能自食惡果。法蘭克，我知道，我讓你失望了。我敢說你一定恨死我了。」

男孩跨出玻璃窗，步上露台。他慢慢走近母親，雙臂將她圍繞。「媽，我不恨妳。**我愛妳**。」

這三個字令她啜泣得更大聲了。

「法蘭克，請你原諒我，」

她淚眼婆娑地說。「我應該要做好爲人母的角色。可是我迷失了，澈底迷失了自我。可是啊，兒子，現在我明白自己有多蠢了。**我也愛你**。」

「媽，我原諒妳。」

媽媽緊摟著兒子，爸爸則跨過破窗站在母子倆身旁。過了一會兒，男孩才輕輕緩緩地從母親的懷抱抽離。

「對不起，我跟爸得走了。」法蘭克說。

媽媽試著把淚水往回吸。「這麼晚了，你們兩個要上哪兒去？」

「媽，我們必須撥亂反正。有件事**錯得離譜**。」

媽媽點了個頭。**「有錯就要改。」**

57

恐怖的野獸

法蘭克挽起媽媽的胳臂。「媽，外面很冷。我扶妳回屋裡。」

吉伯特自豪地望著兒子，儘管發生了這麼多事，他還是對母親如此寬厚。

法蘭克從破窗回望她。母親穿著她的絲綢睡袍獨自站在書房，淚水撲簌簌地滑落臉龐，眼周是一圈哭花了的睫毛膏。

男孩牽起爸爸的手，父子倆步離露台，走進花園。

「我們得再回來找她。」法蘭克說。

「到時候再說吧。」爸爸答覆。

等父子倆走到圍繞大人物官邸的石牆，兩隻**恐怖的野獸**從一棵樹上跳到他們的頭頂。

「**啊啊啊！**」兩人尖叫。

原來是全世界體型大到嚇人的小貓羅尼和瑞吉。

「走開！」爸爸尖叫道，因為羅尼跳到他的背上，利爪**刺**進他的胸膛。

「**救命啊！**」法蘭克也放聲尖叫，因為瑞吉跳到他頭上，堅定地用腳掌搥打他的鼻子。

「爸！我扯不下來！」法蘭克嚷道。

「我也是！」爸爸拚了命地

想把那隻貓從背上甩開，但動物的利爪反而往男人的皮肉戳得更深。「不過，我知道貓很**討厭**什麼！」

「什麼？」男孩問道；這時瑞吉的拳擊猶如雨下。

「水！」

「噴水池！」法蘭克驚呼，這對父子便往噴水池的方向跑。

「不好了！」疾馳的男孩呼喊道。「牠的屁屁壓在我臉上！」

「繼續跑就對了！」即使羅尼的尖牙**咬**進他的耳朵，爸爸還是強忍著說。**「痛欸！」**

父子倆手牽手一起躍入噴水池。

撲通！

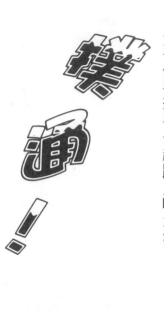

沒想到這兩隻貓居然是游泳健將，完全沒被水嚇跑。牠們潛入池中，宛如噴射推進的鯊魚，在噴水池把父子倆追得團團轉。

「跳出水池！」爸爸吼道。

兩人手忙腳亂地在石子路上奔逃，羅尼和瑞吉也窮追不捨。法蘭克在慌亂中滑了一跤，跌了個狗吃屎。吉伯特跪著扶他起來。

「喵嗚！」貓咪尖叫著凌空一躍，落在這對父子的背上。肥貓把法蘭克和爸爸按在地上，利爪往他們的皮肉愈陷愈深。

「啊啊啊！」法蘭克驚聲叫道。

「我們完了！」爸爸說。

不過，兇貓接著竟然「嘶！」地一聲尖叫，被人從父子的身上拽開。法蘭克抬頭一看，只見母親抓住兩隻動物的尾巴。

「媽！」男孩驚呼。

「我早就看這兩隻貓不順眼了！」她說。然後她像名迪斯可冠軍舞者，一手抓一條尾巴疾速轉圈。

「嘶！」貓咪嘶嘶叫。牠們一點都不喜歡被抓起來轉圈。

等動作快到羅尼和瑞吉糊成一團，她才終於鬆手。

「喵喵喵嗚嗚嗚!!!」貓咪尖叫著飛過空中，砰咚兩聲落在花園遠處的角落。

砰咚！

砰咚！

「麗塔，謝了。」爸爸說。

「小事一樁，」她說。「趁大人物醒來前快走吧！」

「媽，謝謝妳。」法蘭克說。

「我很樂意幫忙，就算只是一點小忙也願意，」媽媽答覆。「凡事小心。」

「會的，」法蘭克說了善意的謊言。

「麗塔！」屋內傳來人聲。

「快走！快走！」她催促道。

一眨眼間，他們便消失無蹤。

58

一石二鳥

父子倆一出比佛官邸的圍牆就找到**女王號**。他們把錢**扔**到後座，火速開往銀行。現在早就過了半夜，路上沒半個人。爸爸把車停在銀行對面的一條小路，關掉車前大燈。

搶案發生至今已過了兩個月，銀行也整修好了。

「我們要怎麼進去呢？」爸爸問道。

「應該用不著再把門炸開，」法蘭克回答。「沒必要為了把**五十萬英鎊**放回金庫，而製造**一百萬英鎊**的損失。」

「對，」爸爸咕噥道。「不過應該蠻好玩的。」

「爸，我的計劃是等銀行的第一名員工來上班，再想辦法混進去。」

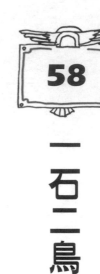

「這樣一等可能要等好幾個小時欸。」

「不用。有天我起了個大早，從斐麗姑媽家溜出來觀察銀行，結果發現銀行主管每天天一亮就來了。」

「好樣的。那我們先按兵不動等他來，再想辦法混進去。」

就在這個時候，廢料場那輛起重機**緩緩**駛過轉角。坐鎮駕駛座的自然還是芬格。起重機停在銀行正門口，芬格躍至地面。跟在後面的是大人物的勞斯萊斯。桑姆踏出名車，替老闆開門。大人物下車，拿冰袋敷他被砸的腦袋。

「那兩個混蛋肯定在這裡！我早猜到了，」他對他的爪牙說。「他們要把我辛苦偷來的錢還給銀行。」

「實在天理不容啊！」桑姆說。

「人在做，天在看。」芬格附和。

「趁他們發現之前溜下車吧。」爸爸低聲說。

父子倆偷偷從座位溜下車，帶著塞滿錢的塑膠垃圾袋，在街上**匍匐**前進。他

們在郵筒後方找到一個藏身處。

「老闆，你看！這台迷你車跟他們的一樣耶！」桑姆宣布。

「那台**就是**他們的迷你車！」芬格說。

「桑姆，幹得好！給你一個好寶寶徽章。」

大人物過馬路，他的絲綢浴袍隨風飄盪。他從**女王號**車頂破的大洞凝視內部。

「他們不在車裡！果然被我猜中了。他們一定進銀行了，」他說。大人物原路折返，猛搖銀行大門。「挺聰明嘛！他們肯定把自己關在裡面。芬格！**使出你的絕招！**」

「老闆，馬上辦！」芬格咧嘴笑道。「搞點小爆破。」

「對，這樣可以一石二鳥。」

「老大，這裡好像沒有鳥可以扔石頭欸。」桑姆回話。

「啊，你給我閉嘴，否則我就要下令要你狂毆自己！」

芬格將起重機開向迷你車。它那粗壯的金屬臂膀在空中擺盪，鐵爪輕而易舉地拾起**女王號**。

噹！

啷！

接著臂膀再度搖擺，起重機開往銀行。法蘭克緊抓爸爸的手臂。男人閉上眼，即將發生的事他不忍卒睹。

哐噹！

女王號迎面撞向銀行入口。

轟隆！

爆裂的門窗炸到街上。

哐噹！

銀行的警報聲大作。

鈴鈴鈴！

起重機倒車，只見**女王號**如今被撞個稀巴爛。正面全毀，水箱罩也掉下來了，引擎蓋遭到猛擊，前輪只靠一條線懸在車上。

「不要啊！」爸爸低聲哀號。可憐的男人眼眶泛淚。

「爸，我很遺憾，」男孩輕聲安慰。他摟著父親。「我知道你很愛她。」

「**女王**陛下，永別了。」爸爸說。

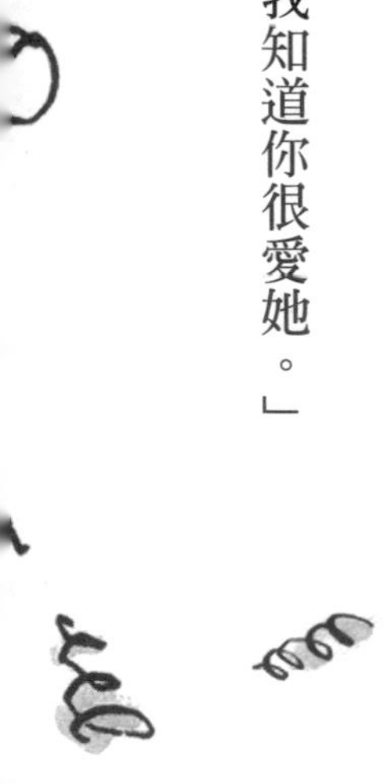

「把它澈底解決！」大人物下令。

「老大，遵命。」芬格回話。他將起重機的控制桿往回拉，將車子舉到最高處。

呼呼！

它在風中晃了一會兒，然後鐵爪一開，迷你車便從半空中墜落。

颼颼！

一轉眼它就落在馬路上。

砰咚！

接著起重機向前進攻，將汽車的殘骸壓在履帶下。

咻咻！

嘎吱！

打從法蘭克有記憶以來，**女王號**就一直是家中的一份子。如今卻成了壓扁

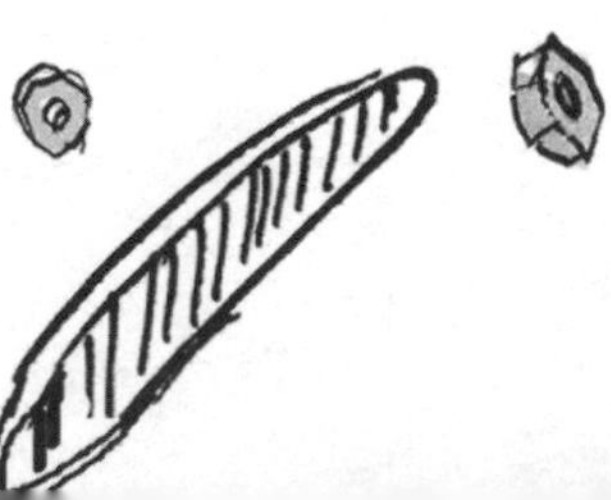

了的破銅爛鐵。

「老闆，他們的亡命飛車毀了。」芬格奸笑著說。

「幹得好，芬格。現在我要把錢給搶回來。咱們殺進銀行，趕在條子抵達之前阻止那兩個混蛋。」大人物下令，跟在兩名嘍嘍身後進銀行。

「兄弟，現在該怎麼辦？」爸爸問道。

「一石二鳥。」男孩回答。

父親困惑地看著兒子。

「到時候你就知道了。」法蘭克拉著爸爸走。

59

烤過頭的香腸

大人物和他雇用的壞人小組就在不知不覺中幫法蘭克和爸爸把最吃力不討好的工作做得差不多了。如今，這對父子檔可以神態自若地走進銀行。唯一的麻煩是警報器已響起，所以警方要不了多久一定會趕來。他們加緊腳步跟上三名罪犯遺留的破壞小徑，直搗底下的金庫。門的鉸鏈已**斷**，玻璃**碎裂**，電子袖珍鍵盤也被**砸毀**。

轟隆！

爆炸把法蘭克和爸爸震得東搖西晃。屋頂落下破瓦殘礫，雲狀的黑煙瀰漫空中，先前還沒被爆碎的窗戶如今也將碎玻璃濺得到處都是。兩人用手摀著臉。

「兄弟，你還好吧？」爸爸喘著氣慌慌張張地說。

「應該沒事啦，我們繼續走。」

他們手忙腳亂地前行，最後在螺旋梯的頂端止步。

「金庫一定在地下室。」爸爸低聲說。

父子倆躡手躡腳地下樓。煙霧散去後，眼前的畫面很爆笑。爲了把金庫的門鎖炸開，這群犯罪幫派份子顯然用太多**炸藥**了。他們三個都燒焦、烤黑，還有殘餘的煙在身旁繚繞。大人物、芬格和桑姆看起來就像在烤肉架上三根烤過頭的香腸。

「他們在那裡！」芬格伸出他燒焦的纖長手指往外指。

桑姆無比困惑。「我們還以爲你們早在金庫了。」

「嗯，你們搞錯囉！我們一直都在外面啊。」法蘭克咧嘴笑道。

「哦。」黑幫老大的嘍囉邊說邊點頭。

穿著拖鞋的大人物不自在地搖晃身軀。從他的表情看來，他厭惡被人用計謀打敗：「事實上，你們兩個已落入我的**陷阱**！」

「怎麼說呢，大大？」爸爸問他。

「這個嘛，嗯，因爲，總之……」男人支支吾吾地說：「因爲我們現在要把我們從銀行偷走，後來又被你們**偷回來的錢**再次偷走，還要再**多偷一點**！然後把罪推到你們兩個笨蛋身上！芬格、桑姆，全都搬走。**一毛錢**都不准留！」

「可是我的袋子破了一個洞欸。」桑姆說。

「我的破兩個洞。」芬格補充道。

炸藥把他們的衣服炸得支離破碎，連袋子也難逃被炸開的命運。

「這樣的話，把錢塞進口袋！」大人物下令。

兩名黨羽檢查他們殘破的外套。

「被炸到沒口袋了。」桑姆說。

「老闆，我還有一個！」芬格說。「糟糕，抱歉。口袋有破洞。」他接著說，還把一根手指穿進洞裡示範。

「可以跟我們借袋子啊。」法蘭克說。

「兄弟，袋子裡已經裝滿**五十萬英鎊**了欸。」爸爸透過嘴角用氣音說，不讓兒子以外的人聽見。

「小朋友，拿來給我。」

大人物命令他。

男孩往前邁出幾步，把袋子遞給大人物。這個矮冬瓜往袋裡一瞧，頓時容光煥發。

「**啊！我的寶貝**。哦，我想死你了。」語畢他就把垃圾袋交給芬格。然後他的兩名黨羽就走進金庫，將一把又一把的錢往袋子裡**塞**。法蘭克凝視金庫，想看個仔細。

「小朋友，看看這麼多可愛的錢錢，」大人物說。「比你一輩子能賺得還要多。全都在裡面等你來拿。」

男孩**瞪大**雙眼。

「小朋友，我知道你很心動。你瞧瞧。只要有錢，你就能擁有一切。沒有什麼是買不到的。」

法蘭克心醉神迷，看得目不轉睛。「好……美……啊。」

「沒錯，」大人物慫恿他。「錢是世界上最美的東西。」

「我喜歡，」法蘭克說。彷彿黃金照亮了他的眼眸。**「喜歡、喜歡、真喜歡。」**

「兄弟？」爸爸懇求道。**「醒醒啊！你這是幹嘛？」**

「小朋友，跟我走，」大人物繼續說。他向男孩伸出手。「加入我的陣營，得到你應有的地位。我會是你夢寐以求的爸爸。加入我吧，我們可以一起統治世界。」

法蘭克深吸一口氣。「太棒了，」他說。**「這正是我的心願。」**

可憐的爸爸淚眼汪汪。**「兄弟！萬萬不可啊！」**

「小朋友，我很高興你想通了，終於把我說的話聽進去了。」大人物邊說邊志得意滿地望著吉伯特。

「那我們就開工吧。」法蘭克說。他牽起大人物的手，領著他走進金庫。

「兄弟！」爸爸吶喊道。

男孩像是著魔似地一直往裡面走。

大人物回望吉伯特，得意洋洋地笑。「死鬼，你輸了。」

60

雷霆大怒

大人物和他的爪牙忙著滿足貪婪的慾望，將愈來愈多的錢塞進袋子裡。在此同時，男孩慢慢退離金庫。等踏出厚重的金屬門，他馬上輕聲說：**「爸！我騙到他們了！快來幫我！」**

「機靈的小伙子！」

男孩開始推門，要把門關上。爸爸趕來幫忙，兩人使盡渾身的力氣試著關門。這時，金庫裡的大人物抬起頭。**「快去門**

口！」他吼道。他和他的手下隨即跑向金庫的門。他們拚了老命用肩膀頂門，使出吃奶的力氣推門，說什麼也不要困在裡面。

「我就知道你不會讓我失望的，」爸爸說。

「絕對不會！」男孩回答著，他們緊緊靠著門。

大人物僅能把他的頭塞進狹小的縫隙。

「吉伯特，你鬥不過我的，」男人說。「我很可憐你。**老婆跑了，又沒錢，還瘸腿。**我本來計畫讓你葬生在那場賽車『意外』的。」

「原來是你設計的？」爸爸氣到發抖地說。

「我想要得到麗塔，自然不能讓你礙事。要**永遠**把你剷除。」

「我在你的引擎**設了陷阱**。」芬格吼道。

「我把你的煞車剪掉。」桑姆尖叫。

「看來你的計畫沒成功，是吧？」爸爸挑釁地說。「因爲我還活得好好的！」

「你說得對，」大人物同意。「不過你猜怎麼著？我寧願你瘸腿活著。這些年來，看著你受苦我更開心。」

「我要你再也開心不起來！」爸爸吶喊。

「現在換你受苦了！」法蘭克吼道。

怒氣給予父子倆力量。他們團結一致，勉強把三個壞人往後推，用力關上金庫的門。

砰咚！

可是無法上鎖。

「可惡！」爸爸說。「你看！他們炸壞門栓了。」

「還是要想辦法把他們關起來啊，」法蘭克說。「最後一次讓那玩意兒物盡其用吧。」

「什麼玩意兒？」

「你的假腿啊！」

「不能扔在這裡啦！」

「爸！我們別無選擇了！」

男人心不甘情不願地迅速卸下木腿，和兒子聯手把門卡住。這下門打不開了。他們依稀聽見三名罪犯在彼端**捶門**，可悲地求饒。

「我們來談個條件！」

「這全是芬格的主意。」

「是桑姆逼我做的。」

法蘭克和父親相視微笑。

「爸，你看吧。這下一石二鳥了。同時把錢歸還銀行，又把眞正的壞蛋關在金庫！」

「兄弟，你眞天才！」爸爸高喊。

「多謝爸爸誇獎。」

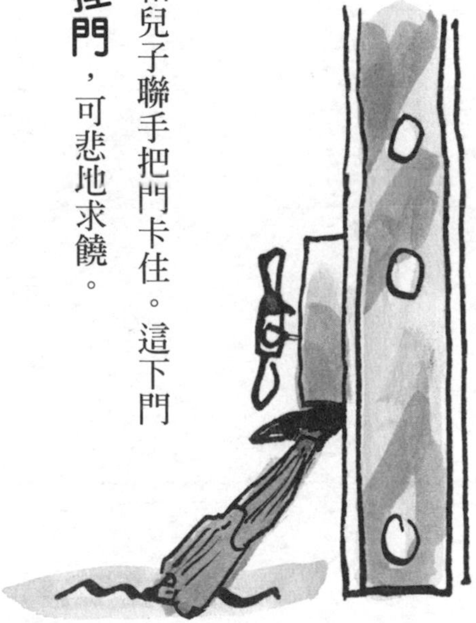

「警方馬上就會找到他們。其實我們該走了，**不能再拖了！**」無需再多說什麼，他將手臂搭在兒子肩上支撐自己。法蘭克攙扶爸爸躍上螺旋梯。

他們抵達銀行入口時，天色漸亮。兩人可以聽到警車上的警笛在遠處**尖嘯**。

喔咿！喔咿！喔咿！

他們在街上往反方向衝。

「好吧！爸，現在該送你回牢裡了！」法蘭克說。

61 那群人吵死了！

爸爸一路單腳跳回家。一到家馬上換回斐麗姑媽的**花卉**長洋裝。少了那條木腿，男人難以行動。於是法蘭克趕緊去廚房拿一根舊的塑膠拖把，臨時做了條替代的假腿。父子倆跳上公車，前往位於鎮上遠處的**狼腐監獄**。但監獄要到下星期才開放探監，所以他們得用三寸不爛之舌矇混進去。

法蘭克的點子是騙獄方他們有件壞消息要告訴吉伯特．古迪。父子倆會編出一個遠方親戚，表哥還是叔叔什麼的，說他們得把這號人物的死訊親口告知男孩的父親。

「是誰啊？」史威佛先生從**狼腐監獄**金屬大門上的小窗口問道。

「吉伯特．古迪是我爸，我有件很悲痛的消息要告訴他。」法蘭克嚎啕大哭。他在衛生紙裡藏了一顆生洋蔥好逼自己哭，又拿它來擦眼淚。

假扮成斐麗姑媽的爸爸伸出胳臂，摟男孩的肩膀安慰他。**「哦，是你啊！」**史威佛驚呼。「你不是昨天才來的嗎？獄方要兩週後才接受訪客。**到底是什麼悲痛的消息？」**獄卒質問。**「最好真的令人痛徹心扉、撕心裂肺。」**

「現在要我說，我一定會崩潰的……」法蘭克說。

「小朋友，繼續說下去！」史威佛先生命令。

「……他的凱斯叔父死了。」爸爸泣不成聲地說。

「死了？」史威佛先生問。

「對。」爸爸回答。

「死翹翹了？」

「對。百分之百死翹翹了，絕對不可能死而復生。」

「我去跟他說！」史威佛先生冷冷地丟下這句話，隨即關上那扇金屬小窗。

法蘭克和爸爸驚慌失措，你看我、我看你。

「我們必須親自告訴吉伯特！」爸爸對著監獄大門吼道。

「為什麼？」史威佛先生從門的彼端回吼。

「嗯，因爲這個驚喜不能讓你破哏！」法蘭克回答。

爸爸看兒子的眼神彷彿在說：「你在鬼扯什麼？！」

「驚喜？」史威佛問。

「對呀。他跟凱斯叔父一直是死對頭！」法蘭克答覆。

這時傳來鑰匙叮噹作響，接著金屬大門便推開了。

哐啷！

「只有兩分鐘，我會盯著你們。」獄卒說；不過他沒明講是哪隻眼，真眼還是玻璃眼珠。

史威佛先生把兩人帶進一個灰撲撲的房間，叫他們等著。沒過多久，他就帶著扮成爸爸的斐麗姑媽進來了。可憐的女人，在牢裡待了一晚看起來累癱了。

「他們有事要跟你說，」獄卒扯開嗓門說。「你的凱斯叔父嗝屁了。」

「誰？」斐麗姑媽問道。

「你老糊塗啦，就是凱斯叔父呀，」爸爸接著說，並對女士使眼色，但願她聽出他們串好的騙局。「你明明跟他很熟。」

「哦，凱斯老叔父啊！我當然記得囉！」斐麗姑媽驚呼。「他怎麼啦？」

「他死了。」法蘭克回答。

「死了？不會吧！」女士尖叫著淚如泉湧。

獄卒宛如一隻老鷹，一隻獨眼老鷹觀察這一切。

「你不是說你爸跟凱斯叔父是死對頭嗎？」史威佛先生說。

「是啊，這個嘛，『死對頭』這個詞太強烈了。不過，爸，你一直看他不順眼，你忘了嗎？」男孩給姑媽提詞。

女士終於意會過來，開始放聲假笑。**「呵呵！凱斯叔父翹辮子了。好耶！」**

史威佛先生搖搖頭，被這一家怪人搞得糊里糊塗。「好了，你們兩個怪胎，給我滾出監獄。」他咆哮道。

「能不能再通融一點時間，讓我們一家人靜靜哀悼？」假扮斐麗姑媽的爸爸懇求道。

「哀悼？」史威佛先生問。

「我是說『慶祝』，」爸爸改口道。

獄卒嘆了一口氣。「好吧。敗給你們了。只有一分鐘，多一秒都不行！」他吼著說，離開後重重摔門。

砰咚！

「我們最好趕快互換衣服。」爸爸說。

「沒錯，我等不及要離開這裡了。」女士回話。

「斐麗姑媽，難道妳在牢裡過夜不開心嗎？」男孩問她。

女士看法蘭克的眼神好像他澈底瘋了。

「那群人吵死了！」她喊道。「我得跟大老粗六兄弟同住一間牢房。我完全不敢闔眼睡覺。他們看我的表情都很奇怪。我覺得他們對我的身分起疑了，害怕他們會在夜裡上我。不過後來我開始朗誦一些自己創作的詩歌，對著他們講述花花草草的喜悅，結果那群人就入睡。」

「我不意外。」法蘭克低聲說。

「好了，小朋友，把眼睛閉起來，我們要換衣服了。」

法蘭克聽話照辦。

過沒多久，斐麗姑媽便宣布：「好了，眼睛可以張開了！」

法蘭克睜眼後如釋重負，因爲爸爸變回了原樣，斐麗姑媽也回到老樣子。

「感謝主！我又可以做自己了！」女士舉起手禱告。

咔嚓！

就在此刻，史威佛先生大步走回會客室。「好了，我不管家人嗝屁的時候，你們是哭是笑還是做什麼奇怪的事，總之我給的時間夠多了。**你們兩個，出去！**」

斐麗姑媽和法蘭克被帶出會客室。男孩一走到門口就回頭對父親微笑。

「滾！」史威佛先生咆哮。

62

壞蛋，逮到你了吧！

雖然心裡有千百個不願意，法蘭克還是不得不把父親留在牢裡，自己和斐麗姑媽回她的家。男孩相信銀行事件被新聞披露只是遲早的事。果不其然，隔天早上他去拉吉店裡一趟就帶來了好消息。

叮噹！

「法蘭克！你看過早報了沒？**你看！**警方終於逮到那幫多年來恐嚇鎮上居民的壞蛋了！」

「拉吉，快給我看！」

男孩滿懷熱望地讀新聞頭條。

「他們一定要馬上釋放我爸！」男孩嚷道。

「爲什麼？」拉吉問道。

「那些人才是眞正的壞蛋！」

報攤老闆思忖片刻。「這個嘛，你父親有完美的不在場證明，所以不可能參與昨晚的銀行搶案。畢竟他一直都在坐牢！」

「沒錯！」男孩驚呼，他可不想露餡。「況且先前搶案被偷的錢也歸還金庫啦！」

拉吉當場一愣。「你怎麼知道的？」

「什麼？」法蘭克反問。

「你怎麼知道的？報紙我每份從頭讀到尾，沒有一篇提到這件事。」

男孩這下慌了。「我……呃，這個嘛，嗯，我……」

拉吉瞪大眼。「小朋友，不要告訴我你跟這件事有關……？」

法蘭克覺得還是先別公開他的錦囊妙計比較好。「拉吉，我得走了。」

「去哪兒？」

「法院！我得想辦法救我爸出獄！」

「那我怎能錯過？」報攤老闆回話，兩人一同衝出店外。

叮噹！

63 爛掉的水果

那天下午，斐麗姑媽和法蘭克穿過群聚的人潮走進法庭，然後勉強在樓上的旁聽席找到兩個位子。法庭裡塞滿了人，大家都迫不及待要看大人物和他的黨羽受審判。還有好幾排的記者抓著筆記本和鉛筆，急著要鉅細靡遺地寫下審判內容，登在明天的頭版上。不過，記者的人數比不過多年來遭到這幫歹徒恐嚇的鎮民，他們吱吱喳喳，興奮地交頭接耳。

「總算抓到這個矮子惡霸了！」

「希望把那個討人厭的壞蛋永遠驅逐出境！」

「他那兩個跟班跟他一樣壞！」

「抓到他們的人應該獲頒獎牌！」

「這是我們鎮上多年來最可喜可賀的一天了！」

斐麗姑媽和法蘭克聽到了，互換一個神祕的微笑。

皮勒法官拖著腳步走進法庭，眾人紛紛起立。他在法官席就定位，在桌上敲了敲他的小槌子。

「請被告列席。」

警察把大人物、芬格和桑姆帶了出來。他們已上了手銬，不過還是穿著昨晚被燒焦的衣服。一看到他們，法院的眾人群情激憤。鎮民從外套底下掏出預藏的爛水果，往三名罪犯身上扔。

咻！

「看招！」教堂那位戴助聽器的老婆婆一邊喊，一邊扔出西瓜。

啪嗒！

它在大人物的頭上爆開，西瓜汁噴得到處都是。

一個戴護頸托的矮個男扔了一個鳳梨，結果正中桑姆的鼻子。

砰！

「痛欸！」壞人的黨羽大叫。

「你自食惡果的時候到了！」矮個男吶喊，法院裡歡聲雷動。

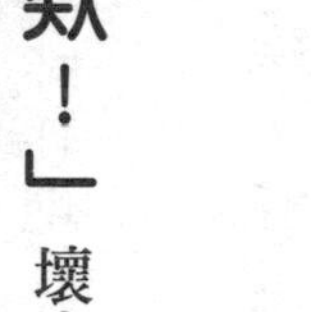

「好耶！」

如果芬格因爲自己是唯一沒被砸中的人而沾沾自喜，他也開心不了多久。有個坐輪椅的女士取出彈弓，拿一整袋的番茄朝男人射擊。番茄就這麼一顆接著一顆在芬格的臉上爆開。

啪嗒！啪嗒！啪嗒！

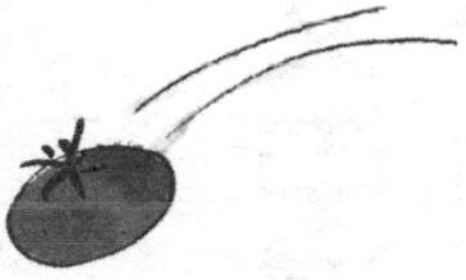

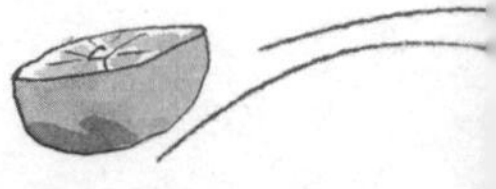

「中了！中了！又中了！」女士吼道。

「不要扔了啦！」芬格淚眼汪汪地哭求道。

被眼前的畫面嚇呆了的法官終於拿起小槌子。

砰！砰！砰！

「遵守秩序！遵守秩序！」

於是法院恢復平靜。

「我的法庭不准再扔爛掉的水果了，」他下令。

「剛才有人扔番茄耶，那應該算是蔬菜吧？」桑姆問道。

「不對，番茄是水果啦！」芬格氣呼呼地說，同時擦掉臉上的番茄汁。

「我很確定是蔬菜。」

「不對！番茄是水果，你沒讀過書哦？」

「是水果嗎？」桑姆問法庭的群眾。

「對！」大家吼道。

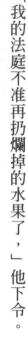

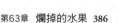

「哦，正所謂活到老學到老。」桑姆若有所思地說。

「那麼，請被告——」法官開口。

說時遲那時快，一顆蛋**咻**地一聲飛過半空，砸中大人物的鼻子。

「哎喲！」犯罪首腦尖叫。

「是誰扔的？」法官質問。

沒人自首。

「我問：『是誰扔的？』」

還是沒人吭聲。

「如果沒人承認蛋是他扔的，我就不開庭。」

最後，朱蒂絲牧師舉起手來。

「牧師，是妳扔的？」法官驚呼。

「庭上，很抱歉，」牧師答覆。「可是您說不准再丟爛水果嘛，所以我以為丟臭雞蛋沒關係。」

法庭上傳來陣陣笑聲。

「哈！哈！哈！哈！哈！哈！哈！哈！哈！哈！哈！哈！哈！哈！哈！哈！哈！」

「不好意思，請問一下。我帶了一顆爛掉的高麗菜，」拉吉扯開嗓門說。

「這是蔬菜，總能拿來扔了吧。法官大人，可以嗎？」

「不可以！」法官怒吼。

「任何食物都不准扔！」

「了解。如果有人想跟我買爛掉的高麗菜，起標價一便士。」

「肅靜！」

「噓！」拉吉要周圍的人安靜，但法官其實是叫他閉嘴。

「請被告起立，」法官下令。

三人起立。

「大人物，我說『請起立』！」

矮冬瓜繃起一張臉。

「大人，我已經起立了。」

「是我錯怪你了，」法官答覆。「好了，你們三個被指控搶銀行。要抗辯嗎？認不認罪？」

這時桑姆舉起手。「你做了某件事，但又不想其他人知道你做了那件事，那要怎麼說才好？」

「無罪。」法官回答。

「那就無罪。」桑姆說。

大人物和芬格呆望著他。他把他們都拖下水了。

64

真相

不用說也知道，要不了多久時間，陪審團就做出裁決。

「有罪！」陪審團主席高聲說道。

「本席宣判你們無期徒刑！」法官宣布，並敲了敲他的小木槌。

聚集在法庭的群眾頓時歡聲雷動。

「好耶！」

一顆爛掉的高麗菜飛過空中……

咻！

……然後砸中大人物的下巴。

嘎扎！

「痛欸！」男人大叫。

「不好意思！我手滑了！」拉吉喊道。

「把他們抓起來！」法官下令。

三名歹徒被法警押走時，目露兇光地瞪著法蘭克。「我要你爸爸吃不完兜著走。」大人物吼道。

「你在胡說什麼？」皮勒法官質問他。

「庭上，可以讓我說句話嗎？」法蘭克恭敬有禮地舉手發言。「大人物指的是我爸爸，吉伯特．古迪先生。因爲第一起銀行搶案，他被您判入獄十年。但那起搶案其實是這些人逼他幹的。」

「是嗎？」

「是的，庭上。他們威脅他，說要是他拒絕開亡命飛車，就要傷害我，也就是他的兒子。」

法庭傳來陣陣噓聲，還有不少人叫道：**「不要臉！」**

法官用小槌子**搥**了桌子幾下。「**肅靜**！你爸爸人呢？」

「庭上，他在牢裡。」法蘭克回答。

「對對對，我真糊塗，」法官說。然後他呼喚其中一位書記：「**馬上把吉伯特．古迪帶到法庭！**」

＊

不到一小時，爸爸就被帶出**狼腐監獄**，急忙上囚車送到法院。如今他坐在稍早那幫壞人待的被告席。

「古迪先生，我們已證實你是第一件搶案的亡命駕駛。」法官開門見山地說。

「是的，庭上。」爸爸答覆。

「但是你兒子跟我們說：大人物跟他

的黨羽威脅你，要是你不肯參與，就要傷害你兒子。」

「法官大人，他說的是事實。全世界對我來說**最重要**的，就是我兒子。**我和他相依為命。**」

爸爸對旁聽席的兒子展露微笑。

「不過很明顯地，你完全沒參與第二次的搶案。」

「完全沒有。庭上，我被關在牢裡，又怎麼可能參與呢？」

「說到這個，我要傳喚**狼腐監獄**的獄卒提供證據。」

「傳史威佛先生！」其中一位書記高聲說。

門打開，史威佛先生走向證人席。

「是的，庭上，我能證實古迪先生這段期間都待在牢裡，」獄卒說。**「沒有任何人事物能過得了我這關。」**

「史威佛先生，謝謝，」法官回覆。「那麼，古迪先生，你被迫參與的第一次銀行搶案，贓款已經歸還了。很顯然第二次搶案期間，你人一直在**狼腐監獄**，不可能是共犯。所以，古迪先生，我有項好消息要告訴你……」

爸爸和法蘭克的目光在法院交會。計畫相當奏效！可是法官還沒把話說完，

史考夫巡佐就大搖大擺地走進法院，腋下還夾了個長長的包裹。

「喲喲喲……」警察對大家說。「看來你們都被吉伯特．古迪耍得團團轉啊。」

「警官，你為什麼要干擾開庭？」法官厲聲譴責。

「先別讓這個傢伙『開溜』，」巡佐咧嘴笑道，顯然在爲他的一言雙關自得其樂。「他有參與昨晚的搶案，而且我有證據！」

「你要怎麼證明？」

「他在犯罪現場遺留了東西。」

「什麼東西？」

「我不知道他當時是不是喝醉了，但他肯定『缺了一條腿』。」

爸爸開始緊張，在椅子上坐立難安。法蘭克幾乎無法呼吸。父子倆提心吊膽。

「講話沒頭沒尾的，到底是什麼意思？」法官質問。

「他要爲自己致命的錯誤付出慘痛的代價。嗯，至少要付出一條腿。」

「請你住口！」法官下令。

「不！我偏不要住口！因為可能快被你赦免的傢伙，把這玩意兒留在犯罪現場！」

說到這裡，史考夫便拆開包裹，高舉爸爸的木腿。法院的衆人震驚不已。

什麼！

爸爸這下完蛋了。

65

法蘭克大顯身手

「庭上，可不可以讓我代表爸爸說幾句話？」法蘭克說。

「小朋友，這實在太不合規矩了。」法官回覆。

「我知道我只是個小孩，但我有很重要的事要說。」

法庭聽判的眾人發出支持的聲浪。

「讓孩子說句話嘛！」

「給他一次機會！」

「聽聽他有什麼好說的！」

「這比電視演的還精彩耶！」

「大家可不可以暫停一下？我先去撒泡尿！」

法官不得不屈服。「好吧，好吧，孩子，那就這樣吧。上被告席，有話直說。但也請長話短說。」

「庭上，謝謝。」男孩語畢便跑下階梯。他一被帶到父親旁邊的被告席，就開始解釋。「爸爸因銀行搶案被判刑十年的時候，庭上，您給他貼了個『**壞爸爸**』的標籤。可是，**壞爸爸**會在餐桌上爲兒子準備食物嗎？**壞爸爸**會想要湊錢，幫兒子買聖誕禮物嗎？**壞爸爸**會擔心兒子穿破鞋上學嗎？」

法院陷入沉默。

「不會的。他不是**壞爸爸**。自從媽媽離家出走，我的父親就獨自一人把我拉拔長大。第一次銀行搶案，他是被迫要開亡命飛車的。爸爸別無選擇，借錢度日。大人物跟

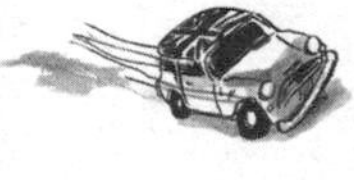

他的黨羽要他還一百倍的高利貸，否則就要拿我開刀。可是他還不起。我的父親只好聽命於那個邪惡的幫派。」

拉吉嚎啕大哭……

「哇哇哇哇！」

噴！

……用力拿衛生紙擤鼻涕，發出比大象還大的噪音。

「如果我和陪審團知道事情的來龍去脈，第一次的審判結果就會不一樣，」法官說。「絕對大不相同。」

「庭上，謝謝。我爸之所以沒告發大人物和他的手下，是因為他們說如果他敢輕舉妄動，就要我好看。」

「我身為父親，也當上祖父，聽了這麼多，實在感到震驚害怕。」皮勒法官答覆。

「自從他入獄的那天起，我就開始制定『一個晚上』的逃獄計劃。我覺得坐牢是最完美的不在場證明。我們同心協力，把從銀行偷來的錢一毛不少、全數歸還。」

史威佛先生的眼珠在腦袋裡轉動。不可能發生這種事吧！

「我們準備把錢還給銀行的時候，大人物和他的爪牙也尾隨而來。於是我們做了一件鎮上警方永遠做不到的事。那就是當場抓獲那幫子壞蛋。」

所有人的目光都轉到史考夫巡佐身上，他尷尬到像是巴不得挖個地洞鑽進去。

「史考夫巡佐揮舞的那條腿，是用來把大人物和他手下關在銀行金庫的神器。我父親犧牲了自己的腿，應該說是自己的木腿，才將多年來一直迫害小鎮的罪犯繩之以法。後來他還得一路單腳跳回家。」

這番話在群眾間激起了同情。

「啊啊啊！」

「現在他全靠一根舊塑膠拖把支撐身體。」

爸爸捲起褲管，露出一根破爛的拖把。

這個舉動激起了波濤洶湧般的同情。

「啊啊啊啊啊！」

朱蒂絲牧師和斐麗姑媽難過得不得了。

兩位女士比鄰而坐，共用一條蕾絲手帕。令兩人略感驚訝的是，沒想到此刻她們竟懷抱著對方。

「所以，他不是**壞爸爸**。他是**好爸爸**。**超級好的爸爸**。事實上，他是全天下最棒的爸爸。我以叫他爸爸為榮。」

法蘭克望著法庭對面的父親。父子倆都眼眶泛淚。孩子的這番眞情告白其實很難說出口，做父親的聽在耳裡更是激動。人們太少敞開心房，訴說心底話了。

大家又把目光轉向皮勒法官。

「我非常專注地聽你發言。你爸爸在銀行搶案駕駛亡命飛車，這是不爭的事實。可是，有些細節是法庭在第一次審判時所不知道的，這些細節能讓本案水落石出。你父親坐了兩個月的牢，這樣的懲罰已經夠重的了。本庭宣判他的刑罰將完全赦免。從現在開始，他就是**自由之身**！」

法庭頓時響起如雷的掌聲和歡呼，史考夫巡佐則跺腳奪門而出。爸爸張開雙臂，法蘭克也朝他奔去。男人孩子一把抱起轉圈圈。爸爸緊摟著兒子不放。

「**兄弟，我愛你。**」他對法蘭克的耳朵低語。

「**我也愛你。**」

66 座無虛席

「我愛妳。」

「我也愛妳。」

六個月後，法蘭克和父親坐在教堂聽另外兩人對彼此說這三個字。今天是朱蒂絲牧師和斐麗姑媽的婚禮。這對幸福的佳偶倆倆相望，深情一吻。

「這是我的**初吻！**」斐麗姑媽驚呼。

「以後保證還有更多。」朱蒂絲說。

婚禮賓客全都鼓掌叫好。最後，小鎮的教堂擠滿人潮。

拉吉坐在前排，再度哭成了淚人兒。

教堂的天花板又漏水了。雨水滴在兩位新娘身上，卻澆不熄她們的熱情。她倆的笑容從未如此燦爛。

「我寫了一首詩！」斐麗姑媽向眾人宣布。

「不好了。」法蘭克小聲說。

「標題叫作『我可愛的朱蒂絲』。」

「在遇到朱蒂絲之前，
我凡事拘謹彆扭。
一切出乎意料；
她開啟了我的新視野，
看見一個充滿愛的世界。
我像是一隻白鴿，
不是被魔術師藏在袖子裡的白鴿，
而是在微風中振翅，
幸福自由翱翔於天際的白鴿，
探索這片新天地。」

婚禮賓客響起如雷的掌聲。

「寫得還不差嘛。」爸爸說。

「我把剛才說的話收回！」法蘭克說。

群衆的反應令斐麗姑媽高興得不知所措。

「謝謝捧場。我另外還寫了十七首。」她說。

「那些留著改天再說。」朱蒂絲打岔。牧師對她的新娘綻放笑顏。「好了，誠如各位所見，教堂的天花板還是急需整修，所以請大家不用送禮了。現在我們要爲教堂的天花板募款，各位如果有零錢的話，小托盤傳到你面前的時候，還請發揮樂善好施的精神。謝謝大家。」

「爸，你身上有帶錢嗎？」法蘭克問道。

男人捲起褲管，露出他的假腿。

「爸，你在幹嘛？」

「你馬上就知道了。」

他推開一塊木頭，假腿的祕密隔間隨之映入眼簾。裡面塞滿了平展簇新的五十英鎊鈔票。

「錢是從哪兒來的？」男孩問他。

「當然是大人物的保險箱囉！」

「可是你明明說——」

「兄弟，我知道。對不起嘛。我趁你不注意的時候，從保險箱拿了一疊，藏進我腿裡。夠把教堂的屋頂修好，剩下一點還能留給我們！」

「壞爸爸！」法蘭克半開玩笑地說。

「好爸爸！」爸爸接話。

「拿來。」

爸爸照辦了，法蘭法望著掌心那疊五十鎊面額的紙鈔。錢，一點都不美。錢，其實很醜陋，至少引誘人們去做醜陋的事。等托盤傳到他們這一排，法蘭克將整疊鈔票重重放下，再繼續往下傳。

「兄弟！」爸爸驚呼。「你在幹嘛？」

「爸，這些我們都不需要。錢只會帶來麻煩。」

「可是——」

「沒有可是，錢不會帶給我們快樂的。」

「兄弟，或許你是對的。」爸爸表示同意，惆悵地目送托盤消失在視線範圍。

叮咚！叮咚！

叮咚！叮咚！

婚禮的尾聲，鐘聲響起。

法蘭克隨著其他賓客步出教堂，沒想到竟看見一輛裝飾英國國旗的迷你車在門口等著他們。

「**女王號**？」法蘭克說。「不可能啊！她不是被起重機壓扁了嗎？」

「是**女王號2.0**！」爸爸回答。「我從車子的殘骸中搶救零件，又到廢料場挖寶東拼西湊。不過她的**心**還是同一顆。」

「你怎麼一直瞞著我？」

「我想給這對新人一個驚喜嘛。」

「哦，吉伯特，太感謝你了！」朱蒂絲牧師驚呼。

「這樣開去海邊度蜜月也太拉風了！**謝謝你、謝謝你、謝謝你！**」斐麗姑媽補充道。「幾乎可以彌補我頂替你在牢裡過夜！」

「對不起嘛。」法蘭克說。

「所以妳們誰要開車？」爸爸邊問邊懸擺手中的鑰匙。

「我來開！」斐麗姑媽說。

「不行、不行！我來開！」朱蒂絲牧師說。

「這是她們婚後吵的第一場架耶！」拉吉一面評論，一面朝她們身上灑看似五彩碎紙的東西。「沒撐多久就開始鬥嘴了。」

斐麗姑媽開始從頭髮中挑出碎片。「拉吉，這是什麼玩意兒？」

「哦，店裡有些迷你棉花糖超過保存期限好久了，所以我乾脆拿它們代替五彩碎紙。」

「真是感激不盡啊，拉吉，」朱蒂絲牧師語帶諷刺地說，並從頭髮挑出一球

球黏糊糊的玩意兒。「等等還能拿來吃。」

「是我可不敢，」報攤老闆說。「畢竟都**發霉**了。」

「好噁哦！」

迷你車從街道**呼嘯**而逝，眾人揮手道別。

轟隆隆！

「小心駕駛！還我的時候車子可要保持原狀啊！」爸爸在後頭呼喊。

「你該不會又想開去賽車了吧？」法蘭克問他。

「兄弟，沒這回事。要開，也是你開。」

「我開？」

「沒錯！如果你有意願的話。你已經是個駕駛界的狠角色了。」

「爸，謝了。」

「我會把我懂的一切都傳授給你。」

男孩綻露笑顏。「爸，我們會是一支超強的團隊。」

「兄弟，我們肯定打遍天下無敵手啊。」

父子倆邁開步伐，離開教堂。

「你媽寄了封信給我，」爸爸說。

「是哦？」男孩只回了這兩個字。

「她想要下星期順道來我們家坐一下。過來喝杯茶，看你過得好不好。你覺得怎麼樣？」

法蘭克陷入沉思。「好啊，喝杯茶嘛，應該是個好的開始。」

「全新的開始。」爸爸接著說。

「不過，我們得請她帶茶包來。」法蘭克半開玩笑地說。

「還要帶點牛奶。」

「還有糖！」

「還有熱水。」

「除此之外，泡好茶不可或缺的祕方我們家統統都有！」

67

許願

法蘭克和爸爸穿過公園往回家的路上走，途中經過了那口許願井。爸爸在褲子口袋深處搜索硬幣，最後找到一便士。

「兄弟，錢我只有這麼多，」爸爸說。「想不想許個願？跟以前一樣。」

他伸出手，讓兒子取硬幣。法蘭克只是望著那枚銅板。

「不用許願了。」

「爲什麼？」

「我沒有別的願望好許了。我唯一想要的、唯一需要的，就是你。我的爸爸。」

「兒子啊，你是我最好的兄弟。」

「爸，你也是我最好的兄弟。永遠都不會改變。我們走吧。」

「要走去哪兒？」

「拉吉的店！」男孩高喊。「我們有整整一便士可以揮霍！」

「最好不要一次花光！」

這對最要好的朋友彼此會心一笑，胳臂相互環繞成超特別的「**抱抱**」，一起跨步離開。

他們雖然只有一便士可供花用，
內心卻有如黃金一般大放光芒。

David Walliams

大衛・威廉幽默成長小說

大衛威廉幽默成長小說 1 ～ 6

定價：1,740 元

《神偷阿嬤》《臭臭先生》
《小鬼富翁》《巫婆牙醫》
《爺爺大逃亡》《壞爸爸》
套書合輯。

大衛威廉幽默成長小說 7 ～ 12

定價：2,150 元

《午夜幫》《壞心姑媽》
《冰原怪獸》《鼠來堡》
《瞪西毛怪》《皇家魔獸》
套書合輯。

糟糕系列！

在許多父母眼中，小孩不全然是天使！他們到底能有多搞怪，一定要將這系列視為必備驚世寶典。

- 《髒兮兮》
- 《氣嘟嘟》
- 《鬧哄哄》